岡井隆全歌集

THE COLLECTED TANKA OF OKAI TAKASHI

Ⅱ

1975—1982

天河庭園集［新編］
鵞卵亭
歳月の贈物
マニエリスムの旅
人生の視える場所
禁忌と好色

＊岡井隆全歌集別冊①『岡井隆資料集成』

思潮社

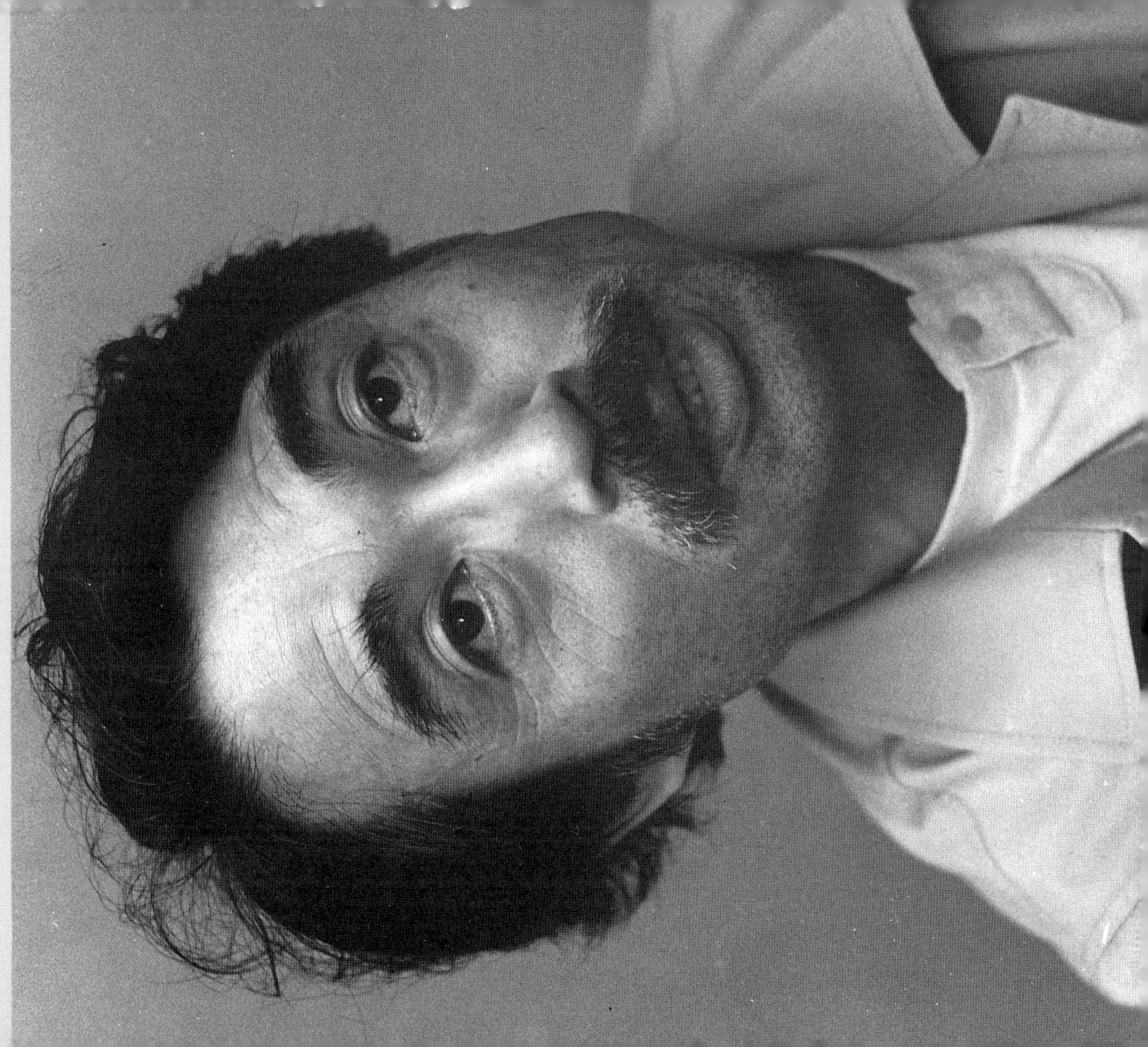

THE COLLECTED TANKA OF OKAI TAKASHI

岡井隆全歌集

Ⅱ

1975—1982

目次

天河庭園集〔新編〕

鶯卯亭

歳月の贈物

マニエリスムの旅

人生の視える場所

禁忌と好色

各集序跋

装幀・芦澤泰偉

天河庭園集［新編］

1967

〈時〉の峡間にて——亡き岸上大作の記念に

時の峡間（はざま）は昨日と今日の間。あなたの前髪のあいだから展ける綾杉（あやすぎ）の谷。
女に触れようとしてのびる腕（かいな）と女の視線のあいだに陥入する三稜暗部。会
う今日から別れの明日へ越える峠。というようにいつどこにだって在るが、
そこへ行く道は曲折に富む。

1 山峡風物誌

君（きみ）が行き日（け）ながくなりぬ山たづの　尋ねることももはやあらぬ　待つことももはやあるまい　〈時〉
の山峡風物誌一束　戦後死人伝中の君に捧げる　ねがわくは享けよ

*

子宮なき肉へ陰茎なき精神(こころ)を接(つ)ぎ　夜(よ)には九夜(ここのよ)いづくに到る

風景を渉る眼の群(むれ)のさやさや　山が来て青い地峡をかこむ時

朝の深みをさまよつてゐるその午後の惨たる謀議のくろがねの椅子よ

女かや　絡みあふ指の間(あひだ)かや　やよ、すくむ男の、かちいろの沈む沈黙(しじま)よの

手仕事へと拡がる視野のすみずみであまたレーニンを奪ひ合ふ

朝狩りの終り。重い詩篇と軽いいら立ちが協奏するアンダンテのなかで弓　大きく反(そ)る

犬たちが円陣を解いて密集するはだらなす中核の跳ね躍るまで

背に波立ち股間しらしら明けながら牡鹿よ　思想の顔の美（うるは）しきかな

遠く救急ベルのさやさや　近くパガニーニのつやつや

その低く高くかしぐ眼差しのさし迫つた運動の烈しさは拠点まさぐるならむ

あま色の花こぼれる土からいま一度生活（たつき）のわざをぎを学び上ぐべく

ほほゑみの凍れる蝶を頬に殺して狩人よ大地へ沈るときは今こそ

2　死者が行く

向うから自転車を漕いで来る若いのをよく見ると、死んだアイザック・Kなので、
かたときもやまぬ光の照り透る国の彎曲を死者で通るとは
と囃(はや)せば、いたって真面目に、
思想の戻り道に出てみたれば針(はり)・春(はる)・晴(はれ)の斑猫(はんめう)の背に詩(うた)ぞしぐるる
と返すのであった。
安保の年の夕まぐれ、かき寄せる、言の葉どちの深さかな〈運命のつたなく生きて此処に相見る〉
と挨拶して過ぎた。
ふと小馬おろしの吹きそうな夜だ。雨乙女ザムザム、Kのあとを追ってひらめく。

3　月光革命へ

見えぬ百色のテープを未練と切り捨てながらバスストップを発つバスは一枚一枚の硝子をしっかと金属の
歯に抑えこまれふるえつつひかりつつ
バスは船
見えぬ百色のテープは窓のそとをもとな流れゆき流れのなかに小さい悲しげな微笑がうしろへうしろへと
咲きつぎながら流れながら闇はふかまりつつやはり
バスは船
烈しくきしり呼鈴は機関部と主檣を呼びかわしつつ宵闇を　ずたずたに小さな船客たちをつらぬきわたし
は厚い丸い金具にはめこまれた硝子をあえて言えばがんじゃんと眼で破砕して女どもの胸につき刺さる尖
鋭なさよならを言うのだ
明日逢うのにわたしたちは夜ごと宵ごと一夜一月下（いちげつか）の航海へ出たのだった
バスの船で

反歌風に

率寝(ゐね)てむのちは芝が萌え出すぢりぢりと燃えつくしてはわが悔(くい)止まむ

冷えびえと熟れる晩夏を境として国を愛(にく)むやうに女(ひと)を愛(にく)むほどに

永遠(とは)とおもふはいくときもなく吐き散らすモップ化寸前の群衆を

4　遠くが見えない

絨される性のよろこび奔騰する不器用なうらごえの唄のそこを静かにくぐり抜けては母をかえりみるまばゆいばかりの子供たちの皮膚の照り母胎からなぜ子が生れ思想が娩き出されないかとたずねる道の遠さとおい山々が午後五時まで真青な民族の夢をたたえてもはや父性を許さぬ川を幾筋となく地下へ発射するとどろきの真直ぐさは跳ねあがるくらやみの驚きとはじらいと妖しい笑いのまじり合う股と腹のふくらむ限りないナチの攻撃を素裸でまっているふかい谿の傾斜をこえるもはや右翼でも左翼でもない涸れた叫びとおらびとたけびとあげび！　そらまめまいた、はたけにまいた、はるからなつへ、しげらせる、充溢光。内発するそら豆のイデオロ……あけぼのの公分母一九六〇六一五によって割られるうらぎりの分子団によわよわしく警告する鉄の翼を下から見上げている嬰児的な眼差しに留意せられよ

反歌風に

手も足も付根で断つて立つてゐるわたしは何といふ終末であらう

明日(あす)綾杉(あやすぎ)の辺(へ)にて仕事つくさむ幻の旧き政争を活けて

夜のほどろの夢にわれら選ぶミンナ・ドンナ・ヘンな艱難

鳥と遊べば忘却は翼よな　断じて戦後は死(を)はるまい明日さへよ

踏み込まむかの体験の丈余の土間　鞍部・残部・陰部・患部とこそ響(な)れ

この狭い掌(て)のなかに在る誰かの手　心の指は汚(けが)れ汚るる

泌(も)れやまぬ音に洗はれ国体(からだ)二つ宙によぢ寄せられる時が来る

明日はしづかに迫りサシスセ薄(せま)りつつ次第に盲ひて行く男(をみな)どち

ああ大人よいつかはそこへしかしいまはあかるい嘘がマンナ降り来る

まづその観念をこそ抱き上げむ黄内陸(わうないりく)へ油ひろがるままに

日本いでてまた帰るさのかよひ路の激浪や　一個の雄の即興の愛

花もろとも滅びに到るためならむ蒼白に剃りあげて映れる

応和して遊戯(いうげ)して葛(くず)の目覚めよさめてゆく愛のさめゆく沢の霧雨

*

父よ父よ世界が見えぬさ庭なる花くきやかに見ゆといふ午(ひる)を

歌かとも見ゆるメモランダムⅠ

眼は耳の意志か小さきいかづちのあつまるしたへいでて撃たるる

雷（いかづち）はわがまうへにぞとどまりぬせせらぐは雲　谿行くこころ

君だけか読むときに耳塞がぬは朱をいれてゆくエディンバラ医書

肉眼のあざやかにうらぎられるを内科医であることのさびしさ

きさらぎの夜のひとときばうばうと世界のなかゆこころおこしつ

蒼々と癌の丘みゆいかならむ日歴のうへ立てる丘見ゆ

もはやない　いまわが歌のよぢれつつ欲りする声はここの庭にも

われわれは　小さき弥生のいかづちの鳴りこそいづれ　敵意いだきて

永遠へむかふ一羽はかげりつつふりあふぐとき眼こそ波立つ

うたがひを知らぬ生きざまに今日も会ふほのぼのとして咲きたがふ花

カラマゾフィシチナ恋ほしも　恋ほしきに魂に霜降りてか　ララム

寂かなる高きより来てわれを射る労働の弓　ラム、ラム、ララム

しりぞきてゆく幻の軍団は　ラムラム、ララム　だむだむ、ララム

いづこより凍れる雷(らい)のラムララム　だむだむララム　ラムララムラム

鳥満ちて沼あり　ありしエレミアはひざまづきつつ苦をさらひけむ

歌かとも見ゆるメモランダムII——初句重畳の詩法による

わかものよ
一管のホルンの拓きゆく朝の雨のはしらのしたへ連れだつ

あらそへば
精神の外(と)のもの闇に桜咲きざくりと折られゆく枝がある

日々と夜々
妻と子とあいまいにあひ交はるを感官溺れ易からざるを

あかあかと
さやさやと卯月の星座かたぶきぬ梢に集(つど)ふ花ぞはげしき

政争の
黄水仙しばらくあれて過ぎぬれば眼のうたふ唄聞えてくるは

おちひばり
はらわたももはらもまれてはたはたと沈丁の香の中へ下(くだ)りつ

わが髪に
花のうへに霜ひとつかみ置きたるを青年は声あげてとがめつ

風のさなかを
なにか烈しきピアノ曲来よむらさきの花冷えの夜を惑ひぬきつつ

絹の道

きぞの夜は月あかあかと揚雲雀はりのごとくに群れのぼりけり

死へむかふふかむらさきのあけぐれをただにまもりて過ぎゆくものを

この国の未来のかげを曳きながら青年がひとり夜半に訪ひくる

ふと「絹の道」みえてくるひるすぎのひとつ惑ひを揉み消さむとて

はるの夜の紫紺のそらを咲きのぼる花々の白風（しろ）にもまるる

一週間

月曜日。雨乙女ザムザム曇天より飛来す。患者回診後、先週の解剖材料の分析にかかる。癌は肝内胆管より発生せるもののごとし。夜自然詩の荒廃につき稿を継ぐ。

昨日より今日のみどりの深みゆく一本の手が忘れがたしも

癌の死を待つばかりなる白き顔かたみの嘘を許し合ひつつ

六月の夜空をうけてひらく花濃きくれなゐに乳の白さに

女らの涙ははかりがたくして藤打ちはじめたる夜半の雨

火曜日。湿気ふかくラボラトリウムの中耐えがたし。白血病の少女やや好転す。午後手術室に入る。胃切開手術に立ち合う。切除胃は肉眼的に見て良性潰瘍兼胃炎。組合団交のためあわただしき空気流る。

寄りがたき重き世界を築きたる死の周縁に一日ありたり

ひきさかれたる神経に触れてくる苗のとりどりのみどりのそよぎ

おびただしき癌のアトラスを閲したるのちダ・ヴィンチへこころ寄りゆく

筋層のなかへまぎれて死滅せる或る細胞を見とどけて去る

水曜日。むしろ盛夏を思わしむ。肺癌の老人は、自らの病名を推知せるもののごとし。午後癌センターへ出張。帰途、雷雨に遭う。家兎一羽剖検、心肥大を計量。夜半、自然詩に関する稿完成。

ぼうだたる涙なみだはしばしだに世界の外へわれを置かしむ

苦しみは病(やまひ)より来て人を刺すわが口を出で行かぬ言葉よ

われつひに解くことなけむ夏の夜の憤怒は島のごとく残りつ

鏡ただひとつのみ照りとりどりの染剤(せんざい)を置くなかのむらさき

いかづちの響(とよ)みしあれは何時(いつ)のこと解剖ののち刃(は)を洗ひゐる

木曜日。反射つよき患者にて胃カメラ挿入に手間どる。健康管理をしている歯車工場の高熱作業者に熱中症予防処置を命ず。百日紅の蕾ふくらむ。泰山木咲き継ぐ。世界のどこかで戦争の予兆しきりなり。

老人の統べたる国といふこともうつうつとして曇る竹むら

青あらし映せる水に手を突きてああ忘れたき恥ありしかば

三月は梢四月は咲きわたり初夏（はつなつ）のこの汗のただしさ

終末をはるかなるそのはじめより眼に抱きさて藍のあかつき

あらがふはよしなしと説く権力の歌あぢさゐの雨の朝けに

金曜日、胃X線透視数名。肝癌の患者、急変、死は時間の問題となるも対症処置によりいくらか持ち直す。午後、臨床病理討論会の準備。本屋がアルトマンの病理学とホイジンガ『ホモ・ルーデンス』を届けてくる。

夏帽子売らるる巷さびさびとせるたひらぎにいら立ちて生く

淡黄のかたまりなびく栗の花昨夜の死屍（しし）をおもひて行くも

泥ふみて越えたる朝はいつしかも烈しきに立ちくらむ真昼へ

うすき膜へだて尽くるなき語らひは夜に入りたり降りくらむ雨

海へ行く鳥か一隊のこの兵らあるはかがよひあるはかげらひ

おおわが朱色の聴診器死へむきてあへぐひとりも夕映のなか

土曜日。昨夜半死亡せる患者を剖検に付す。隣のコートでバレーボールの試合ありとて学生群さやぎ止まず。やり場のない憤怒あり。午後、T美大へ講義に行く。

あの声はなにひめやかに向うから搾木(しめぎ)にかかる花の樹の声

喚(よ)びつつぞ星の林をこえて来るやさしき鳥もあれや今夜は

鳥啼くや天のいただき労働と呼ばば呼ぶべきこの日常を

土曜日の浅宵なれや終りたる苦役のなごり燃えつつぞある

日曜日、竹を伐り草を刈って林檎の苗木をいたわる時、雨乙女ザムザム到来。童女の歌を聞き、戦乱のテレビを見る。ショスタコヴィッチの心底が少し見え来る。

経験の深みゆくころ民衆のひとりへの愛、揉みしだかれて

日曜といふ空洞をうづめたる西欧楽のかぎりなき絃

ノオトⅠ

1

地軸と天心
夕映がうたひ
部屋がうたひかへし
韻律論への問ひかへし

われわれが直面し、切り拓こうとしている明日という岩壁のさく岩が困難であることはわかっている
しかし生きねばならない　内満ちて生きねばならぬ　中国が中ソ対立という仮面で降りてくる　充血した腸のようにキューバが下ってくる　α（アルファ）が天心に立ってω（オメガ）を吊り上げようとする

2

二年経て吾れの手を去る何某の肺患の肺よみがへりつつ

性器立つ休まず踊らず挟み撃ち戦闘のイメージによる愛の歌……

3

灰からの復活ということば——

いくたびかかる姿勢に支へ来し階かけのぼる前の処女（をとめ）の

瞳

羽がひに抱きて別れむ

すれちがひざまわれは摑まむ

主砲を残す火だるまの艦

党よ　しばらくそこに置きて

過去を焚かう

4

エーテルは焔に近づくる刎れひとりひと夜を仕事かさねつ

四五枚のフィルムに辛き診断を下したるのちさびし憩ひは

暗黒になにか笑へる部屋中へひきかへしたる戦後への愛

出でしのちわれをわらへるらしき声うかがふごとく数歩歩みつ

終りたる操作のあとを立ちあがる次の仕事へ深みゆくべく

癒えずして帰りゆく故こまごまと書きとらせつつわななく指に

5

見下せばテニスコートの成りつつぞある
淡きみどりに塗られつつある

にはたづみやや乾きつつある

癒えて帰りゆく轍見えつつある

鉄管を塗れる一人に午後は又加はりて塗る曇りの下に

6　稲取海岸

右にわき左にわきし潮騒はしらじらと岩の間にをはりぬ

秋あつき巷に妻とわかれ来て今ぞみおろす夜のしき波

波くらきあたりに白くきらめくはせきつつ沈む岩あるらしも

近づきてしばらく暗く寄せながら岩うつ時のしろきはげしさ

うたかたを先立ててくるしき波の崩るるな今しばしわがため

崩れむとして立つ波のいただきのみどり恋ほしも透きとほるいろ

7

直線路へてそこへ到らな
曲面に手をあてて想へば
　様式の谷間に居て　詩想噴出の安全弁をゆるめる　孔　穴　管　わらい射つ射程

8

うすずみの雲のうらよりそば立ちて旧き帝国の影のごとしも

○

体制がわにいないというアリバイは、文学のレベルでは確実ではない。昨日と今日で違っているかも知れぬのだ。

9

再会をよろこぶ声がいくたびかわが裡にしてやがてしづけし

とき伏せてゐる声をきく夕まぐれあらがひの声ききたきものを

乳房を恥ぢて立ちゐるをとめらの層々として部屋に立ちゐる

10

街空を手のやうな木が過ぎゆけど血流論へ眼かへしつ

11

反動の沢のぼり　前衛の中に後衛を眠らせ　後衛のなかへ前衛を融かし込む　これがオレの知っている六全協だ　篤農主義・勤勉主義・職場第一主義　夜半の戦闘中止　夜から昼への逆行　うしろむきの愉悦遠く近く、近く遠く　communication の語がよく出て来やがる　それは動脈の静脈への挿木　酸素に一瞬時おぼれきる組織、組織、組織……

12

歌がアマチュアのものでいいという声は、もしもプロのもつ自己修練や覚悟徹底に欠けた弱虫のはく言葉なら意味がない。プロとは無理解とも苛酷ともみえる批判や要求に耐えるだけの覚悟と実行力をもった人間たちのことを言うのだ。

雲のむれくろずむまでに暮れしかど心は過ぎつすぎて来にけり

13

国道一九四五八一五がこういう白々とした自然を拒否した〈場所〉へ到るとは思ってもみなかった。ここには〈自然〉はない。人工という言葉で言い表わせるものもない。ただ白という表現が、虚という言葉がかろうじて暗示できるだけだ。「空には本」があるのかも知れぬが、そのうしろを読んでいくとこういう風景が眼を浸してくる。そこでは、といっても空間的な〈場所〉の観念は通用しないのだが、だから又、文学や言語表現を超えているのだが、虚空を行くとすれば、こういう妙な景色がつづくのであろうか。ときどき人間の流す便(べん)のような幻影が走っているが。そこに人間はない。唄があるとすれば、こんな唄が響くのであろう。

≪あかさたな　はまやらわ　おこそとの
アアアアア　アアアアア　オオオオオ≫

○

極限における定域詩は一語となろう。

ん

Gya?

俺、飛ぶ波、死ぬ

といったことかも知れないな。寒！

14

現在のわたしの活動が収縮なら昔はなるほど拡張していたのであろう。もっとも二年余のあの休止期さえわたしの存在は活動期として評価されていたのだから諸君の寛容と性急はすべて表裏の関係にあるのだろうか。諸君の眼は一応眼科医の精査を要するのである。なんと明るく見えているのだ一隅を口惜しさすぎてたぎつおもいは。

15

窓から垂れた毛布の家
死人の舌
効果音の引き裂く　踏切
アスナロや歳晩の石蹴り帰る

○

吾(あ)れ、血をそそぎなば
木にちかづけば
地にぬかづけば

16

冬雷そして豪雨。緋いろの年輪冴えて材を吊る。みどり忌。岸上大作への鎮魂歌。眼底の林のみどり。眼底紀行。噴きいずる体液のきらめき。宙吊りの肉塊。湖底の牛。水底の牛。牛の死に立ちあう。手のうしろによじれている西欧のまだらひも。薄荷太郎。

17

——ドクター島、牛の心臓が欲しいんだ
——あげるからいらっしゃい

わたしは出かけて行った。そこで牛が死ぬのを見た。牛、台上に居る。とてつもない天井の高い部屋に四五頭並んで坐っている。充血した眼、深い蹄、薄桃いろのしっぽ。左頸動脈の上がきれいに剃毛してある。粗衣の青年が出て来て、半月刀を一閃！　放血開始だ。噴出する血の中へビニール管をつっ込む。しばらくして低い地にしむうなり声を発する牛の、波うつ腹。刀ふたたび一閃、頸静脈を断ち、ここへも一本管を挿し込む。そして静脈から生理的食塩水を灌流する。心の死ぬのを防ぐのだ。太い頸から台上へ垂れて行く血の幾すじ。腹壁の動きの巨きさにおどろいていると、蹄の角質の無情さがきわ立ってくる。無力感に満ち、二百リッター、六箇の大瓶に血を採られてゆく。青い眼・白い舌、ビニールにおおわれた東北産四歳の乳牛は、いままさに、接種流行毒の最頂点に在って咳き、喘ぎ過熱し、肺間質はめちゃめちゃなのだ。六つ目の大瓶の満ちたるは、即ち彼女の死を意味する。青年がよりそい眼瞼反射の消滅をたしかめるためランプをかざす。ビニールが除かれ、かつてホルスタインと呼ばれた物体がそば立つ。

——結核はないんですかい

——ないね、当節すぐに薬殺しますからな、肺炎はあるよ、時々。

隣室への扉が、左右にゆっくり開くと、色シャツ・トレパンの四人の闘牛、いや屠牛師が、口笛吹き吹きジェリー藤尾然とあらわれ、まず、床に充分に水を打つ。腰に短棒、手に剥皮刀のいでたち爽やかに、死んだ乳牛の右前足・右後足に鎖をかけ、ウインチで高々と吊る、その音のすずやかさ、拡げられた牛にあつまる四人のうちの一人が、顎の下へ一発！　血がゆっくりと垂れしたたる。咽喉をひらき体正中をすすむ刃、そのとき四つの胃の一つから鼻へ戻る朝食の草！　手ぎわよく、四つの刀と棒でくるくると剥がれて垂れる皮膚、水蒸気と臭気がたちこめ、わたしは倒錯した性の衝動に叩かれはじめる。肉の谿間にかげが落ち、皮は蹄のめぐりに落ちてゆく。

——放血死だからね、血はたんとは出ないや

赤いなだれの底のうすい血性の湖を汲むのはバケツに限るとみえる。巨大な真珠のような長骨頭、そして胸骨が割られ、胸腔のひらく瞬間、さあっと退縮してゆく肺をみることができる。大気が入ったのだ。いまは一握の肺にすぎぬ。眼をあげると、まるで屋根だ、肋骨宮殿の。紫の、銀の筋膜（ファスチア）にかこまれた、ふるさとの山塊の流れを見よ。

——これが乳房の中味だがね

とジェリーの一人がぶよぶよの乳腺群を蹴ってみせる。やがて、又、しきりにウインチが鳴り、聳立する脚の塔が倒れおちる。

——肺をいためるな、心臓が欲しいんだってよ、この先生は

こいつらはまだ下手なんだとドクター島は呟き、牛のへさきへ廻って行く。濡れた鼻、ひるがえる舌がその岬にある。胃内容が運び去られ、断頭された巨船は、竜骨のがらんどうのまま水びたしになって横たわる。ふと、床に棄てられた胎児を見る。毛細血管の美しい網の目で化粧している暗い藤色の玩具の犬が、舌が見える。ヘソの緒の太さよ、柔い蹄のいたいたしさを見下しているとき、

——睾丸があらあ

と言って過ぎたものがあった。蒼白に興奮し、肝腎の心臓をもらい忘れて、〈タンの美味さ〉などとさんざめく人間界へ戻って来たタまぐれ、諸欲絶無だ。

18

反復と模写という芸術方法は、日本的なものなのだろうか。さあれ、茂吉を模して模して模して果てる方法。

ドストエフスキイから聖書への途、ベートーベンからバッハへの道があるように、バッハからグレゴリアンチャントへ小林秀雄からカントへさかのぼる道もあるのだ。そういう回帰しては循環する思索の回路の

さ中で突然死が立ち生が自覚するのだ。

短歌の未来像は日本の未来像とかかわるが、日本の未来像を画いて、その中からそれに見合う形での歌の未来像を画くのは間違いだ。歌がかわって行くことが日本をかえてゆく一つの小さな契機にしたい。

19

茶いろの服を着た男をわたしは渋谷橋のところで見た　朝、その男を見た　それとわかる包みを下げマスクをかけた茶いろの服の男をわたしは見た　その男　それを持った男　それ　日本の極東政策をもって主人のところへうかがいを立てにゆく前こごみの男　茶いろの服を着た男をわたしは渋谷橋の電停のところで見たのだった　するとさらに病院でも見た　帰りゆく見舞人のなかにも居た　いたるところいつでもやたらと見えて来て　俺のなかも覗かねばならぬ！

20

バウハウス展を観る。クレーの画を、クレーの「教育学的スケッチ」と彼にないものとの間から眺める。

そういう構図、その前とうしろを歩く日本の婦人たちとその冬衣裳。

うしろ手に実験着解く万朶の悔（くい）！

21

またしても自分の果したことに対する全否定の試みが、魅惑的な作業として迫って来るのである。

22　名古屋癌学会数日

旅にして遭ふ秋おそき台風のふりそそぎくる声かとおもふ

ふるさとの街にあつまる医師のため幟（のぼり）いくすぢ空を流れて

学会場いでてひろぐる繊き傘ふと行方なき旅に在るがに

死にちかき一人をおもふ会場の薄明にメモをとりつつ思ふ

情念も紅葉（もみぢ）して吾が行かむかなあらし過ぎたる山峡の道

23

わたしのなかで急にたかまる空いろの水位　口ごもるために人に逢う　ために道をさがす　まっ暗に茂った森から遠い声がわたしの机の上にあつまる　絶望からも希望からも遠い一点を確保する　何という一枚の皮膚にすぎぬかわたしたちは　心臓の高さに水平に張っている淡青の水位とその上にかかっている屋根　記憶をぐさぐさ截ってゆく大きな鎌形の現実　性愛はつらい負荷、熱い氷に煮られて　ふつふつ凍ってしまう　その行方をふっとおもう　女よ　その眼のなかの天へ　今夜なにを泛べよう　紅鶴　帰雁　さかしまのうぐいすを　そしてそれを射って落そう　嵐が来るまえに

24

野外劇のための九つの序奏（案）

(1)童んべによる……(2)海と夕映の……(3)反党コミュニストとその恋人の……(4)草と石による……(5)〈東京へ〉と〈東京から〉の……(6)妊婦たちとその親しい友人達の……(7)天心と地軸との……(8)学生のめざめと踊り(9)神々の遊歩路(10)開幕（ベル）

ノオトII

1

あのとき私は今の私と同じ三十五歳で森に居て引き揚げのマレイの太鼓を聞いていた今の私はあのときの
私と同いどしだから長い手で遠い煙草を倒す遠いゴム輪をはじく
核心へ繋がっている索道がおおいて繋しドストイエフスイの樹を決定的に伐るとき部屋の深みから見えか
くれする横顔のように旧い間道の上で揉み消される一つの愛のように

たかまり来も連打の太鼓頂(いただき)で終る一生(ひとよ)の、短か生(よ)の、打ちなびくほろぞ恋ひしき

2

針挿し入れしとき遙かなる墓原のみどり讃ふる声は聞こえつ

工業のたなびくなかの星の夜のまなくときなく惑ふこころは

3

生活のなかへ傾くもの　胸つき坂をのぼる靴の裏の白さ　斜面で踊る礫へ唄を流す　突如死人の部屋に近づかねばならぬ　左右から皺を含んだ渋茶いろの坂が鼻梁をのぼり鼻腔に削がれふりかえって浅い眼窩を見下すとき一瞬の死が完了する　人体の無数の坂照り映える昼さがりの冬の日差しの親しき

*

フィレンツェ、ポンテヴェッキオ、カプリ、アッシジ、ローマ、アテネ　橋は白茶けたアーチを伸ばし群像の手は土へ向って傾く　そこを通って来た老師のふかい爽やかな声が過去へ傾く人間の心の寂しい坂を覗かせるとき　水沫のように薄明に集う眼の群はかすかに憎しみを焚きつけ合ったが　傾きながらおのれの畏怖に耐え抜く重心の転位に気付かなかった

英国を惜しみつつ言ひ合ふなかに或る学説の記憶まじり来も

4

見よ、束の間の指もて梳き、髪に掻き刺し
わたくしの仮説は聳立する
わたくしの 腸（はらわた） は戴冠する
下腹をうつるいたみに耐へながら他者叫喚の下へ出かけて行く

5

一つは天空を走る
一つは父母の眼にかげる
のこる一つはわが心を焚く
三つの太陽にまつはる神話をねぢつて立つてゐる
女よ
苦しみを遠ざかるたび苦しみの顔見えて来てまうらがなしも
たひらぎはかくのごときか目覚めたる闇のいづくにも乳房は憩ふ

6

朝皿のうへを疾走する縞目のくつきりした大柄の希望のむれ

泣き涸らす舳(へさき)のこころ　女らは何とたぐひなく岩々であるか

抉られた側胸部について考へる駄目にする側近など在り得ないのを

先々にあの夏の背信がちらつけば女の向う側でパイを食はうよ

噂が成功するなどと思ひ上がれるものならばたまきはるバスのうちなる荒野

7　或る序稿

わたしたちの言語生活はおおむね散文的文脈に貫かれているが、時として躍る文体をとり言葉の祭りを経験することがある。この祭りを毎日一度は少なくとも通過させないと生き難いという人が居るので詩は有用になるのである。

僕はここではいわゆる歌人として振舞わない。ひろくうたを書くように心がけるつもりだ、詩型に無頓着にスキャンダルをふりまきたいのだ、誰彼となく言葉をかけながら着物を脱ぎすてたいのである。俺がいま持っているのは藍色の時間と安もののボールペン一本、簡単な母国語の辞書だけだと言ったら君はおどろくか。岡井隆は告白しなくなったと誰かが言ったが本当めかした嘘だ、という証拠をここに提出してみようと思っている。口はばったいがそうおもっている。一向にしないじゃないかと葦どもがさざめくがやはりそう思っている、恋い恋いて逢えるときだにうるわしき言(こと)つくしてよ長くと思わばの古謡を反歌として。

8

しびるる指尖に争点をさぐり当てながら　濃く密(こま)やかに夏到る前
ストライキは遂に後宮の乱に過ぎぬ光差す円卓の方(かた)へ行く足
霧ながら行く病理学者(パトローグ)一日が煮えて冷えゆくその帽の中
ブダペストの結核の章読むなべにゆつくりと刃が立つてくる見ゆ

9

文学の政治に対する無力性について演説する人がいる。無力化したというのが現代文学の特徴かも知れぬ、などなど。それは、しかし、文学——それも既成のそれが政治を変えるための力としては非力だというまでであって、政治を変えないための力としては、実に有力だという事実の裏を示しているにすぎないのだ。

10

アジアを穢す一商人の旅行きの複数の夏経ればおもほゆ

広島を過ぎむ夜の旅書きあぐむかな　みづからのめくらむばかり遠き鱶の背

1968

春潮夜々ニ深シ

鳥刺しのアリア遠ぞき行くまでの苦しき刹那刹那の持続

こころ冒しがたかりければ役枝の煌々として並み挿されけり

炉をひらく日の露地口にあふれつつニーチェのごとき先客のある

あへて日本に生くる理由に惑ひつつデイチュラムボスにちかき明け暮れ

青年がにこやかに添ふ終幕をなぜにたたふる讃へるべしや

肖像のためのスケッチ

1

その人はいつもどこかを棲みわたる星の戦ひを止(とど)めむために

その人はもとより深い河のやうに二分けて行く迅く世界を

その人は中国に居るその人に逢ひたい卵黄調の月夜に

その人はグアナ辺境で笑つて居る母たちのやうに母らのために

その人は耳のうしろに音を連れすすきの中を輝いて来る

その人、その、誰とも知れぬ棲みざまの截り込んで来る蒼さに惹かる

欲念はただに拭ふべく歩くらむ底の底まで空を昏めて

2

號泣をして済むならばよからむに花群るるくらき外へ挿されて

絶叫を危ふく殺す湯のうへに髯ただよへるこの夕まぐれ

ブルデルの弩(ゆみ)引く男見つめたる次第に暗く怒るともなく

重くまた狭く募ればこころよりこころへさやぐ枝架けゆかむ

群れて澄む声は果てつつ幾日ぞ遠海原も雨昏らむべく

むらさきのニーチェ潜(くぐ)りし昨(きぞ)の夜の肺胞ひとつづつ血まみれに

3

幻の性愛奏でらるるまで彫りふかき手に光差したり

猿楽も今夜聞こえよ明かき肺よりかぐはしき息のぼれれば

丘原の遠き紅葉をたたへたるしづけき声とその直後の死

鋪道にははだらふえゆく昼の雨愛ありて行く仕事あらずも

地下通路には灰黄の柱満ち愛あらば行きて溢れよそこに

現前の大楽曲もしづむまで見下ろしてゐる癌腫の谷間

オーボエはためらひ声は別れゆくひややかに響き合ひし昨(きぞ)の夜

4

皇太子（プリンス）の内側へわれは放つであらうもはやぎりぎりの線から声を

われさへや更にふかぶかとゑぐられて比類なき皮膚一枚の旗

皇太子の眼を覗き込むわが肩を遠く星夜の闇は包むか

天皇は苦しげに身をそらすであらう柿の実の清く降り交ふ庭に

皇太子ではない一人の若い父が皇孫でない芽を抱き上げるとき

われわれはわれわれの声を持つであらうそしてその声は雪であらう

日本の濃い茶がそこへ汲まれるであらう一筋の女の髪をうかべて

5

ひむがしに雷はきこえて愛さるるには濃すぎるか髯もこころも

腫瘍学滔々として部屋ありきたとふればモンゴル奥地かここは

否を否その人は今ここに居る終りなきわが闘ひ見むと

炎語苦原にて

話すとは即ち担ふ重たさの柘榴（ざくろ）を置きぬ手のひらのうへに

みちびかれ行く谿々は宵闇のこころもしぬにおもふことあり

登りつつ克（か）てよ克てよと喘ぎ行くかちがたきかも秋山われは

紅葉（もみぢ）して一つの声に耐へしかどおもひは激（たぎ）つ夕かげるまで

さやぎ合ふ人のあひだに澄みゆきてやがてくぐもる天の川われは

断念の美を見据ゑたるひと時か霧ながら来て見えなくなりつ

雨の夜の繊きこころを分けながら独りのごとく飲みて居たりき

太々とうたひあげむと決めて寝しはげしく蒼く嘔き捨てしかば

おのづからすすむほろびをいましめて朝山峡(あさやまかひ)の学問の道

市民と月光

蒼ざめわたるゲレンデの夕ぐれに市民論はや雪まみれなる

そのあしたひととありたり沸点を過ぎたる愛に佐世保が泛ぶ

微視的に微視的に見て動きゆく群衆はなほ言葉を信ず

櫂二つ朝あは雪に漕ぎいでて現象のかげことばのなだれ

状況を大摑みして推移する椿の花の群らがりのある

ラスコーリニコフの一人あらぬか口づけて祈(いの)る大地のかぐはしきまで

もしそれも暴力と呼び得るならば月射せよいとふかき水まで

飛ぶ雪の

ツアへ発つ一団遠くなるころをまた騒ぎ立つ内なる声は

灰色の軍みなぎらひゆく一国を忘れむ、忘れむとして夕ぐれとなる

草がくるたぎちの音の恋ほしさにまたまぎれ来よ山鳩の声

山かひのみどりにしづむ雲さへや動きそめつつ見ゆといふものを

林檎園雪にひろぐる枝組みの一樹一樹のやはらかき違和

あらあらしき愛の経過を素描して青年は寝る腿立てながら

あした死ぬことたしかなる人の胸乳房ゆたけくかげろひて見ゆ

喘ぎゐし雪の明りのくちびるはなに食み居らむこの夕まぐれ

飛ぶ雪の碓氷をすぎて昏みゆくいま紛れなき男のこころ

転形へ

転形へ暗示をふかめつつあるは百日紅のたわわなる白

むらさきにかげらひわたる国原は今激越に武器を迎へつ

運命として中国と隣り合ひ織きこころを重ね来にしか

おそ夏の山道を行く不快なるロバの背をとぶ雲と会ふまで

ビアフラは遠きかかぎりなく遠し檜原の雲は轟と答へつ

——1969

初冬日月　　タマタマ病ヲ得テ入院一月ニ及ンダ時ノ歌

八隅にあはきかげりを置きながら部屋はありありとわれを抱けり

遠浅の渚光のなかを行く暗き家族とあに思はめや

或る夜とりでのごとく射たれて立ちしかば汗あふれつつ胸ありしかば

たましひのフオッサマグナのいづこなる風荒れて死にちかからむ谿

わが留守に死にたる犬の墓碑銘を甲(かん)だかくとなへながら夜半を過ぐ

BRAINといふ巨大な本を拡げたり疼き鎮めむよすがともなれ

あけがたの夢精の後にかへり来し畏怖か喜悦か真向ひて居る

柔らかき夕北空の湛へたる彩を愛しむゆとりありしや

向う窓は奥行ふかき一室のあけぼのくらき穴に降る雨

二十尺直下不断の湯が沸けり日に幾度行きて傷を洗はむ

火の間で——病床メモ

女(おみな)らは寝ねよと声をかけたれば驚擱み立つ四五箇の胡桃

およそこのひしひしと来る響鳴は誰か隣室に鞭使ひ居る

ピアノとはおどろくばかりみだらなる音連らなめて夜半をわたれる

レイ・チャールズを聴きながら作った歌

剃刀の蒼く薄きをためすとて逆境といふなじまぬ言葉

労働に鋭どくなれば露走るあしたの幹の生き甲斐をこそ

髪切虫濡れて東へ向ふころ底ごもりゆく係恋のある

めぐりから絞られるとき口笛の生き生きとして春歌奏でつ

そう、その黒人は知るよしもなき驟雨の後の日本、夜の庭

股間には疼きを放つものありて花を摘むやうに紙をもんでゐる

ブレザーに藍をえらびて海へ行くわが余暇を埋むるは他者のみ

伝説を背負ひて坂にかかりたる一隊の長たり得るならば

風見鶏はばたき降りていくときぞ月に餌を撒く火を蒔くに似む

俺は創（きず）そのものとして今宵居る闇に拡がる一枚の皮膚

遠くからひきよせて主（しゅ）を唄ふこの盲目の態あるときはやる

領し排しびびかふ昏い唄声が一気に対ふみどりへ越ゆる

腿のうへに斜めに置きしてのひらの重さめぐれるさつきの闇も

飢ゑて死ぬ人は見えぬを見ぬやうに視よ恥はいま房花なすを

なに見ればなぐさまむ眼を遊ばせて紅ひかぬくちびるの縦皺

よろこびと苦痛がむつみ合はむため昼は昼とてさ走りいそぐ

ビアフラを一点ふかく汚しつつゐらぐ人らの限りなきかも

沸点へ終章へぢりぢりぢりり拡がりながらせりあがりゆく

おお土用の立ち上る波きりきりと揉まれし午後の過ぎて想へば

さびしげに一箇むらさき心臓を左に吊りて群れて唄へる

昼の人

四月十四日

あたたかくなりたる宵に腓（ふくらはぎ）やはらかき妻　水の上の藤

水中へ頭を没（い）れて専（もは）らなる髪みだれ薙ぐ藤の夜（よ）闇（やみ）を

遠き日の性をこの日のこの刻（とき）に〈外より挿して〉立つやかぐはしく

豆を食ふ友もま昼の人なれば優しさははや饐（す）え始めつつ

寄せて来る雑件おびただしき中に横一文字（よこいちもんじ）背部（せなひら）く創（きず）

四月十五日

あてどなき徊翔ののち落ちて来る一羽はわれの眼をめがけ飛ぶ

労働衣著けし眠りの覚めぎはにどこか異邦の曙過ぎつ

うそ寒く死に行く人を喚びてゐる職は天より賜（たば）りしならず

近くきて降るかや今日（けふ）の死者のためひねもすの雪織り交す白

四月十六日

眼（め）のなかに恐怖のいろのふかまるは緑採（みどりも）みしだかるるたのしさ

刑のごとき性の行為を曳きながら暗緑の闇空気が動く

唇をなかば開いて俺は待つな俺の内部が立ちあがるまで

おびただしき鉄器加へて肺を截る外科医羨（とも）しく立ちまじりたる

砂礫踏みにじる車輪は木々の芽の息づく闇をへだて聞こゆる

四月廿七日

相模野を過ぐる黄まだらの車内にてあな寂しげに佇つ昼の人

一箇の運命としてあらはれし新樹を避くる手段(てだて)ありしや

春鷺のつばさ暗めて飛ぶさへや曇りの騒ぐ空にとらへつ

油(あぶら)黒き歯車工(はぐるまこう)の膝がしら相模春野を来て会ひたるは

惑溺し居しひとときの「折口」は悲し継ぐべき境ならねば

一方(ひとかた)に過ぎ行く時や揚雲雀啼けり性愛の限りつくして

四月廿一日

女(をみな)ひとり声あまゆるをもてあまし汗ばまむまでくぐもりわたる

女嫌(いと)へ女嫌へといふごとき集へる雲を拠り所(ど)と立てば

雲はるかに段(きだ)なし沈む北空や巻き雲ありし昼は過ぎつつ

辛子色のセーターを着て勤めたる日曜午前死に膚接(ふせつ)して

雲が捲(ま)くゆたかなる白日没になほ暫しある巷(ちまた)をゆけば

四月廿八日

溺愛し居たる刻(とき)すぎ月光(つきかげ)はあまねからむと口漱ぎ居り

暗殺ののちの一夜(ひとよ)といふべきか闇にしみみに何か繁れる

林檎樹と雪

雪こぞりひくき空より飛ぶまひる癌死眼前声かれつくし

見むとして半身をささへしや否南半天のかぎりなき雪

柩車(ひつぎぐるま)ゆくともわれは見ざるべし欲つよく生きて死にし人あり

つたなくて受けとめかねし感情の落差は今しなだるるものを

今は吃吃とあらそふ夜と雪林檎樹のうへにざくろの上に

天河庭園集序歌

時にふかい咽喉から声を採りながら貧故かその眼のするどさは

天ノ河庭園とよぶふかき灘一夜一夜に冴えまさるべく

截るためにつちかふ花の消すために画く自画像の青のゆたかさ

たへがたきまで虚しさの流るるにグラジオラスよ蜂を集めて

悲しみに浸れる刻が昨夜ありき靴はくと血を逆のぼらせつ

幹くらき竹四五本を伐りいだす夜半(よは)は星擦らむたかむらなかゆ

おもむろに形成(な)しつつ思想見ゆ其処(そこ)朝焼けの祭りもあらず

病棟へわたりつつあるふかき昼薄きを重ねあへり睡蓮

積雲のとき近づくは愛恋のとどろくに似て眉寄せあひぬ

風のごと侵しつつある兵ひとりひとりの内ら夏草ぞ濃き

昨日より今日はたぬしも谿行きてつひに火となる鳥ありしかば

すこやかなる者の優越を撃たむかなレモン一顆が手に汗ばめる

鏡くわつと没日（いりひ）が通る人の死ののちの書類に書きつつ居れば

長き湯あみのかなしさは去年（こぞ）灼きし胸拭ふとき布目の粗さ

その時か弓が射（い）し声のたえだえに血を絞りつつ山を越えしは

何か不快に雪狂ひ降るなかを行く原始の性を読みあげむため

抒情家たるべしやもとよりさあるべし草がくる井へ行く間（ま）も思ふ

日に一度のぞく厠のふかき穴垂鉛として午後も在るべし

駅についての十五の断想

宵やみが夜へとうつる危ふくも迅きひととき駅売りの牛乳(ちち)

遠くまでゆくどこへ逝くしろがねの車体はわれの淡き怒りは

政治的集団の居る北口を愛にみだれて過ぐと知らゆな

なにか或る思考終端をおもふまで冴えて断たるるこの群衆は

終着のとき告げてゐる定型のややなまりある声ぞかなしき

かの駅になほあひせめぐ軍団に君ありとせばしだかれて立つ

数分にまとめて映す一叙景のみしびれつつゆく駅制も

麻(あさ)あらしあらぶるひとつたましひの魔の通過駅すぎてかへらぬ

いかづちのわたれるしたの宿駅の鉄路岐れて行くこころざし

若き眉たちのあつまる広場(プラザ)までさかのぼるとき雲にちかづく

髪はながきこころは苦き青年と約束をしてあらそはむかな

鉄路おおそこへあつまる媒体のひえびえとして置かるる隆起

しかすがに遙かなる駅馬群れて汗ばむこころの拠点思へば

九つの出口入口えらぶべきひとつはたうもろこし匂ふかな

宵やみが夜へふかまるぬかるみを極北指（さ）して発（た）つ車あり

1970

世代差あはれ

一国は西へ漂ふあしかびの蒼き半日精神やくざ

ちかぢかと抱きよせて載るしなやかな幹とわれとの世代差あはれ

みどり撃ち合ふ屋上園を欲(ほっ)すれば星をいただく家の暗さは

家並みからしき石づたひのがれ行く集団悪のたのもしきかな

おだやかに笑ひをさめて去りしかば老(おい)をぞ憎む統(す)べられて居て

わが服にあぶらを注ぎしかるのち火を創れなぞと言ふ声がする

頭脳がうがう苦役(くえき)のなごり満たしたる車輪は行けり誰をし轢かむ

さはやかに水越えて行くくるま道従者はあらず遂に従者は

一生の終末の日の昏らがりにたぐへむばかり薬液を煮る

欲望のささくれ立ちて声もなき群青(ぐんじやう)くらきまで煮つめたる

束(つか)の間(ま)の歓喜ののちに眼(まなこ)遊ぶ卓上に刃(は)がぎらり二ふり

巨いなる心臓を取りいだすまで魂のなき労役したり

仕事仕事そこへねぢれて組み込めば八つ裂きにせむ憎悪も亡ぶ

竹群（たかむら）のおとろへしるくなりまさる竹を愛して生き抜くべきや

さあれまた事後承諾をもとめ来むうつすらと微笑（ほほゑみ）をうかべて

倫理的小品集

学生群に対(むか)ふ気持の汚れつつひとり竹群(たかむら)の露の眼となる

苦しみて坐れるものを捨て置きておのれ飯(いひ)食(は)む飽き足らふまで

一駅を占めし学生群さへや夕餉(ゆふげ)のひまの一画像のみ

予定して闘争をするおろかさの羨(とも)しかれども遠く離(さか)りつ

⁂

或る人の声の記憶に呼び出され来る若々しき恥にまみるる

やはり昨日のことなりしかど権力をつゆ帯びぬ故やすらがざりき

国家なぞ見事かき消されたる中天で雲と雲とがまじはりて居き

狂ほしく人に迫れる一瞬をただ大いなる偶然とする

＊＊＊

飯(めし)食ひて寝れば戦(いくさ)はどこに在る〈俺(おれ)〉と呼ぶ此のこごれる脂(あぶら)

褒められてほのぼのと居る表情を許しがたしといふにもあらず

噴火獣おろかしきまで攻め合ふを面白がれよ今しばしだに

カムイには女の眼こそ似つかはしけれわれを刺す女の眼こそ

＊＊＊

せかれたる車のなかで焦れるのもあはれ罪ふかき沈黙のため

此処へ来よ此処へ　時間に殉ひてうらぎれるだけうら切りながら

劇中へひき込まれるな巌立ちせよされば愛しけやし学生は

チエホフを観にゆくといふチエホフは汝串刺しにせむがごとく

⁂

『闘争記　一』を購[か]ひたるゆきがかりそのあとのしどろもどろの別離

声しのび女は泣けどふとくらく遠き未来をわたる雷[いかづち]

家はなほ彼方[かなた]にあるをあぢさゐの駅すぎてより愛[あ]暴れかかる

別るるはまことふたたび逢はむため碾[ひ]くごとくまた轢[ひ]かれるごとく

⁂

あぶらかがよふ熱き肉塊をばうとして見てゐるアナーキストの阿呆

此のあたりを限りなくかぐはしくせよ搔き立ててもかき立てても寂しがれば

現実はつねに夢より豊けしと思ひし人は農に行きたり

円環を閉づるがごとき愛情のなほきしみつつ夜半（よは）をつらぬく

⁂

共謀して嘘いつはりへさそひ込む目をおほはしむる愉し人間

学生は神かと不意におもひつく一握（いちあく）の味噌湯におとしつつ

ひよつとすると死ぬかそれならその前に時間の耳をもてあそばむかな

死体解剖しながら学生に教へたる熱こめてそれも俺自身のため

＊＊＊

学問も芸術もおしやれに違ひない病理学のやうな帽子学かな

力強く作られてゆく嘘偽のためひねもす暗く協力をする

全地球を　といふやうな把握をおろかしく避け初(ぞ)めしより幾年(いくとせ)経(へ)たる

見えかくれする地(ぢ)のいろの沈うつさこの俺もあざやけき柄(がら)となりてにじまむ

＊＊＊

貧故(ゆゑ)のするどさと言へ貧窮はこころ沈めむ例かぎりなき

作り笑ひと煽動の語気あああここも信従者の Rosen-kranz(ローゼン・クランツ) に充ち

わが父がからくも貧を脱せしころそだちてわれは嘲笑(わら)はれ易き

俺はひとりの男にすぎぬ逃げるなよ金だらひなど持つて廊下へ

∴

いつしかもこの父狂者たらむとす育てよ育て薔薇(ばら)花冠(くわくわん)まで

万事いくさにつながると言ひ切れるなら生き甲斐(がひ)気概は海に訊(たづ)ねよ

身ぶり大きく組織再生を祈禱するまつ只中で働いて居る

中枢のしづかなるその涼しさへ朱を混ぜてゆく耐へがたく濃く

***

機動隊一個小隊ほどの愛この俺だけに通ずる暗喩

恐怖してそれでも眠るまひるまの情のうごきの斑なるかな

逃げて来た状況のなかへひきかへすひたすら好奇心の縞馬

すべて何かをしづめむとして飲む酒はむかうからはつしはつしと興る

⁂

曇り日の秋田を発(た)ちて雨迅(はや)き酒田をすぎつこころわななき

政治的触角それも美しき堕(お)ちながら見るまぼろしとして

くちびるを寄せつつかぎりなきこころかぎりある時の縁(ふち)をあふるる

歯塩(しえん)そぎおとすひびきにかよひつつ盾(たて)はなだるる無敵の盾は

⁂

あけぼのの星を言葉にさしかへて唱(うた)ふも今日をかぎりとやせむ

鵞卵亭

浪曼的断片

優しさははづかしさかな捲きあがる水の裾から言葉を起こし

泥ふたたび水のおもてに和(な)ぐころを迷ふなよわが特急あづさ

頒(わか)ち採る水の速さは幻か行くものは行け死へまつしぐら

カフカとは対話せざりき若ければそれだけで虹それだけで毒

ひきかへす小路(こうぢ)の暑さ耳に降るなんたる大声の夏雲雀めが

盛りあがりたる 冠(かんむり) の黄金(わうごん)の鳥と真向ふ嫉妬の男

血みどろになるまで衒(てら)ふこそ善しとなにをよすがにおもひつめけむ

さは言へど言ふな芥子(からし)のむせかへる皿をまへにし学僧めくを

騒ぐなら国のかたぶくまで叛きてむ直腸に鉛沈めて

馬鹿らしくなるぐらゐなら此のやうに走る樹立(こだち)にも逢はず死にけむ

生きるとは匍匐後退にひばりのつくばつくづくおもひあぐねて

歳月の熟れゆく房のうつくしき他人事（ひとごと）とのみ見つる限りは

かたみなる殺意はひめて相わたる武蔵野の北余情の河原

ばあらばらあばらぼねこそ響（な）りいづれ斎藤茂吉野坂昭如（あきゆき）

空中に数かぎりなき翼あり朝発（あさだ）ちをして東へくだる

よべ暴（あ）れし精神の羽根愛してはならぬといへど散り止まずけり

窓閉めに立つスラックス寂かなる欲望は来つ暗き庭より

四月二十九日の宵は深酒のかがやく家具に包まれて寐し

女への視線ぞ孤独いらいらといちごを選びながらおもへば

病みながら視る眼はつねに横顔の右と左のはつかなるずれ

ぐにやぐにやに縒(よ)れるこころをやうやくにはがねにかへしあひてきにけり

連帯をして責めやまぬ星の声まことその声を狂はば聴かむ

政治へとなだるるごとくありし日に眼はすでに見ず未来のどこも

労働ののち寂かなる夕(よひ)は果(は)つあせらず生きむ殺さるるまで

以上簡潔に手ばやく叙し終りうすむらさきを祀(まつ)る夕ぐれ

木の追憶から雨へ

ブラン・ブリュヌ・ブロンと言へば髪型のすべてが似合ふ女の記憶

水平にたなびく雲にビュフェより盃（さかづき）をあげやがて切なし

雨霧は若葉の谿にうづ巻けど汲みあぐるすべあらずこころは

しりぞくは進むに似つつ密（こま）かなる樹木の壁に背をあつるまで

八月の海に降りたる雨ののち軽羅のひとは火へ急ぎたり

雨の記憶から木木のみどりへ

不吉なる北へかたよる夕焼けもむしろたのしと言ひ出づるべく

雨は全東北を降り覆ふとき霧ながら越ゆこころの峠

紗（さ）のむかうデモ数隊がとほるまで見てゐてもどる肉の皿の前

沈黙のもたらす遠き結実のあやふけれども雨（あま）ごもりたる

木のみどり木下（こした）のみどり過ぎゆくは若さに似つつうつくしきかな

深追ひをして迷ふのを常として言ひがたく濃くみどりの一生（ひとよ）

湖へむかふ車中のつめたさに疾駆して去る雨の林檎樹

鷲卵亭日乗

北方へひろがる枝のこころみをあはれみし後（のち）こころ流らふ

ゆく雲はするどき影を胎（はら）めども言葉をもちてわれは来にけり

さだめなく気圧たゆたふ宵闇に隣りてふかき傷（きず）縫ひて居り

集団の汚点となりて生くるのも生牡蠣に酸（さん）しぼるも現（うつつ）

わたつみの潮目にあそぶ水鳥にわらはるるまでおのれ護（まも）りつ

河豚の旬過ぎむとすらむなどと告る魔女のかたへに寄り添ひにけり

寒気舌垂れたる夜半に手触れたる拇指頭大の腫瘤かなしも

「美意識」もたゆくなるまで読みにける昏々と母病める枕辺

葉摺れ雨音ふたたび生きて何せむと病む声は告ぐ吾もしか思ふ

玄海の春の潮のはぐくみしいろくづを売る声はさすらふ

ホメロスを読まばや春の潮騒のとどろく窓ゆ光あつめて

雨迅き香春の裾を過ぎしとき恋ほしさははや心埋めつ

火の斑雲(はだら)のはだらを負ひながら日にけに育ちゆくと思はむ

からたちの萌黄といへどその暗くしづめるいろに花は順(したが)ふ

散りそむるひはひはとせる白よりもあはれはふかく雨伝ふ幹

あわただしく鰻割(さ)きつつ昼餉(ひるげ)ともつかぬ食事の彼方晴れ来ず

荷を負ひてたたずむ者のこごしさに水しづくせり黒き車輛は

某氏を病理解剖に付す

神々がたまひしあはき曇り日の夕ぐれ摑(つか)みゐたる腸(はらわた)

雪積みて地下駅に来し電車故(ゆえ)かたはらの人鮮(あたら)しく見ゆ

青木繁的光彩の漁夫群か　あらず渚の七(な)五(な)〇(は)C(ん)の群(むれ)

鏡像のわれの蒼さよ筑前(ちくぜん)へ来て蓄髯と誰かが言ひき

泣き喚(さけ)ぶ手紙を読みてのぼり来(こ)し屋上は闇さなきだに闇

おもむろに没せむとする石階(きざはし)に泥ふふむ潮騒(しほさゐ)げ　騒がむ

荒海を見る十幾組のことごとく愛ありて来し　沖はとどろく

子殺しにちかしとぞいふ一語をもななめ書きして手帖古(ふ)りたれ

顔を脱ぐごとくいかりを鎮めたるその時の間も黙しつつ越ゆ

檣の揺れつつ集ふ夕まぐれ肝肥大せる漁夫は行きたり

現実の深部に透ける格子縞ばさと打ち合ふ葉かとも思ふ

なぜかかる暗き境に逐はれては笑ふ　沖辺は寒の漁火

生きがたき此の生のはてに桃植ゑて死も明かうせむそのはなざかり

戯画流行のこと

月中天、水瓶に在るたしかさに救はれて越ゆ峠　水分

原水炉の火ともしごろを魔女ひとり膝に抑へてたのしむわれは

夜つぴてす猫女のかへるまでの酒猫はなぬ去ぬ鬼本能寺

昨夜はまた贔屓筋から口封じ。薄雪や見む飲み明かしては

さなきだに雨かんむりのやまひだれさびしと言ひて泥湯へくだる

水くぐりゆく肉体にともなへる音曲は止(や)み水しぶきのみ

訃報相継ぎていたる、その日頃、空港にありて

東方に浮きて久しきセスナ機の春のくもりを降りて来るなり

羽田(はねだ)の寒き別れに泣きゐたるうちの一人ぞ永遠(とは)に喪(うしな)ふ

壱岐よりプロペラ機着きかかはりのなき人の旅たのしげに見ゆ

夜行便より見おろすは青梅(あをめ)道灯(みちび)の集簇にこころ騒(さや)ぎつ

梅林(ばいりん)にわが居りしころ死に近く酸素挿(さ)されてあへぎけむ君

春の夜のはるけき東（ひがし）これの世を今し立ち退（の）く衣摺（きぬず）れきこゆ

いま暫しおくれてわれは戦（そよ）ぎなむ卓上に大鋏（おほばさみ）見えたる

夜のほどろ仕事場をよろめき立てば時をまたぎてその人の声

きらめきて微粒子満てる夜の空と芝の上（へ）に置く露の脚立（きやたつ）と

郵便といふありふれし武器をもてわが腱（けん）を断つこの青年は

死のしらせ雛（ひひな）の宵に到りしは電話口とふ声の墓あはれ

武者苦瀉（むしやくしや）せる朝のいきさつは屈折し屈折しつつ午後へなだれつ

金のはかたよるものなき老境を現前（げんぜん）に降る雨のごと述ぶ

私（わたくし）の嘆きをここに持ち越して脳軟化せる老婦見おろす

春に居てむしろ恋ほしむ冬木立簡浄の枝没日（いりひ）を囲（かこ）ふ

あしたおそく勤めに出づる鬱憂は声あららげて人に向ひ居り

宵にわが額（ぬか）に照りたるもちの月かたぶく夜半に死（しに）に立ち合ふ

零落（おちぶ）れし王と思へどそれもよし黄金（きん）の記憶を抱きて眠らな

かの日声嚙みて耐へたる辱（はづかしめ）雨戸うるほふ夜の菜種梅雨（なたねつゆ）

集団のはらむ熱気を怖るるはいつよりのこと旗はなびかふ

今はねし悲劇のなごりにかあらむ鉛直に垂れ一燈火燃ゆ

父恋ひの少年劇に息つめて炎昼の星見上げたるかな

情念の夕ぐれは来て一つづつ闇に没（い）りゆく青葉のそよぎ

横なぐり来る雪しぐれ少婦耐ふ耐へざらめやは悲苦をはらめば

のどふかきよりしぼられていづるこゑヘッダガブレル、ヘッダカブリェル

わたなかのさむき巌（いはほ）に群れながら一切（いっさい）の鵜は没日（いりひ）をおくる

藻類(きうるい)のあはきかげりもかなしかるさびしき丘を陰阜とぞ呼ぶ

くらがりにたたずむもののあやしさに女は居たり護謨(ゴム)の木の femmes

口中に満ちし乳房もおぼろなる記憶となりて　過ぐれ諫早(いさはや)

夜半(よは)ふりて朝消(け)ぬ雪のあはれさの唇(くち)にはさめばうすしその耳

薔薇抱いて湯に沈むときあふれたるかなしき音を人知るなゆめ

西行に寄せる断章・他

1　鴫と噂

海鳴りはうしろから支えて下さいました
沢鴫（さわしぎ）のななめ飛びをふり仰いだものでございます
せきあぐる女声はもとよりこよない伴奏でございましょう
もとより
しかし伴奏でございますよそれらは皆
歌うは此の
地より低い流氓の咽喉を放れ　死をわらっている
まぎれもない男の唄なので
〈ばってん、泣こうごとある〉

杏（あんず）しぼって下さいますか

鳴立つ噂はしじにあらむとも遠し東国春立ちぬらむ

しらぬひ筑紫の国の私生活死のかげの射すま昼と思ふ

王国はあけぼのの邑（むら）芹を摘むむかしむかしの武士にやあらむ

2　ブルージン舟歌

截れるな　と思う　だが
斬るな　双頭蛇
裸身とすれちがう　おののきもせず
淡い波頭を噛んで舟すすめん
毒さえ　糖衣（とうい）をまとって輝（て）る現在（いま）を

かがなべて右岸溯行のさびしさにジーンズの膝組んで抱（いだ）きて

ブルージンの青年　愛の弾(ひ)き語り諸君ゆめゆめわれに倣(なら)ふな

一港湾の抱(いだ)く潮(うしほ)のうつくしき働けとのみ人言ひしかど

またたくま消(け)ぬとしいへば恋ほしさや冥界の雪海をとび来る

わたつみのいろこのみやゆながれこしたちばなの実はいかにそだたむ

3　木曾駒の秋

木曾谷は名もなき木々のもみぢして特定の個をおそれつつ寐し

木曾谷のもみぢのおくに宿りしは詩を殺すべく now な試み

ついさつきまで濃厚に勝（かち）ありき草も木原もいまはつゆじも

しぐれ来てまた晴るる山不機嫌な女とこもるあはれさに似て

晩秋（おそあき）の水ことごとくかの川へ注ぐ努力のすがしかりける

明けゆけば天に白馬地（つち）に霜わが「神々の目くばせ*」として

*詩人は神々の目くばせを仲介するとハイデガーは言った、と誰かが言った。

見えぬ杉闇をまとひて立つたればことばかよはぬわかものばかり

4　王国は今……

自画像のモチーフをあたたむといへど背景の女（ひと）なべて茫々

大河（おほかは）の大葦原を焼く野火の水際（みぎは）を攻むる舌のするどさ

潮（うしほ）よりあがり来ぬれば就中（なかんづく）Mamilla（マミラ）を包む水玉の青

海中（わたなか）へ降りて行かむとねがひたる或る夜の芯に糸杉の渦

どよめきは酵母学園星祭り飢餓滅亡を説きて来にけり

花から葉（は）葉からふたたび花へゆく眼（め）の遊びこそ寂しかりけれ

あぢさゐの濃きは淡きにたぐへつつ死へ一すぢの過密花あはれ

うづ巻くはこころのそとの夕雲のひかり尽きつつあれば偲(しぬ)ばゆ

ひぐらしはいつとしもなく絶えぬれば四五日は〈躁〉　やがて暗澹(あんたん)

ゆつくりと浮力をつけてゆく凧(たこ)に龍の字が見ゆ字は生きて見ゆ

一漁港につどへる船を見飽かずて働くひまの折り折りに来し

V(ヴィ)ネックからこぼれたる皮膚ぞ照りあはれふたたびあざむかれぬる

労働が救ふときけば匂ふなあ嘘偽(うそ)がほのかに　蒼(あを)き雪降り

夕餉（ゆふがれひ）待つ間の空洞（うつろ）ダイバーの四肢水くぐるまでを見て居り

あかつきに肉炙り居るあばらやのあまだれ伝へがたしこころは

啼きながら暗黒を行く五位のみち宵々にしてはつか違（たが）へる

生きながら朽ち果つときの墓としてトカラ島弧を思ふことあり

*

歌はただ此の世の外の五位の声端的（たんてき）にいま結語を言へば

歳月の贈物

死者へ

死にちかき黄蜂(きばち)はすでに視ざるべしなほわれは見む玻璃(はり)掻きむしり

化粧(けはひ)して花に埋もれし死顔へ寄りゆきて挿すいかりの菊

ふちどりのこまやかに濃き夕雲をあつめてや吾(あ)れひとり遊びせむ

昏睡に接続したる宰相の死は頌(ほ)むべしや人はただ頌(ほ)む

やくざ雲夕雲さはれ新任の任地さびしき蜂須賀小六

さまよへるまひるのゆめもあはれまむあめのむら雲蒼空(あをぞら)を食(は)む

かぞへ切れなくなるあやまちの原点にかぎろふ家は成子(なるこ)坂上(さかうへ)

海のある方(かた)の空より透きとほり来て家ひたす青ありにけり

——空港にて（四首）

雷(らい)の居る空へはかなき骨組みをふるはせをりしくれなゐのへり

草を切るにほひのなかを死がひとつよぎりて行けり　旅は愉しも

刺しとほす言葉をつねにたづさへて歩める人も彼岸へわたる

われに向くターボのふかきかげり孔こころをわかつ友ひとりなし

母へ行く私鉄の席の冷ゆれどもまどろみの夢かがやきて去る

夏草の庭へまはりてのぞき込む家内（やぬち）のやみのこゑしのび泣き

鋼条をたばねるごときこころもて風上（かざかみ）の敵さぐりゐたりき

寒水に幻想の尾を垂らしたり一夜は明けて母ともの言ふ

いたましく人の間（あひだ）に立ち入りし夢はかなしも現実（うつつ）を飾る

朝蜂の脚はけぶらひ往き来して母さへわれを〈あやふし〉と言ふ

男とは斯(か)くするものかよごれつつまぎれつつ居て不意に涙来(く)

家々のかげ濃きときは過ぎにけり最晩年の戦(いくさ)かなしも

記憶への献辞　いざ、宰相の駕を横切らむ——鉄幹

莫迦らしくなるまで富める此の国を十幾年か凝視して去る

いま暫しおくれてわれは戦ぎなむ卓上に大鋏見えたる

晩年はあくまでふかくかげらへるすずかけ小路とふやさしき名

ベレエ帽かむり直して礼をせり鳥打古りてわれは従ふ

イディオムを挿木して行くこの夕べふと後ろから君は視てゐつ

戦（たたかひ）を生きて越えたるみにくしと常（つね）おもふ世代のひとりにかあらむ

武蔵野住人村上一郎と大書して投票場を出づとこそ聞け

神経はなに故にかく疾（や）みながら言葉をおくる前へ前へと

梅を見て桜に会はぬ死（しに）にして夜のほどろまで歎きまつりき

言ひつのる時のせはしき身動きと電話の彼方（かなた）紺の寡黙と

悲喜劇のさなかにすする葬（はふ）り粥（かゆ）その塩は浸（し）み魂（たま）におよばむ

うとましくなつかしきかな品川へ着くまでのべつまくなしの舌（した）

西国の没日(いりひ)の駅の立ち読みの眼前に在(ま)すごとく怖れき

絡焉の場の雰囲気を伝へたる歔欷(きよき)のこだまの中の草摘(くさつみ)

逐はれつつ遊ぶ生(いのち)もぬばたまの熟睡(うまい)は寝ずて遺著にし向ふ

春の夜のはるけき東(ひがし)これの世をさ走りて過ぐ衣摺(きぬず)れの声

月光の中

呼び出され行く病舎まで常緑木（ときはぎ）のみどりつやめくときは来むかふ

情況の要（かなめ）ゆびさすたゆたひを大寒の夜の外科医に見たり

夜ふかくはたらく人に声かけて月光（つきかげ）のなか世界もわれも

視る人われは——あるいは、ふるさとの笛

うた寝ののちおそき湯に居たりけり股間に遊ぶかぎりなき黒

あやとりのやうにこころをからませて一組のこの男女は沈む

夕ぐれは海上の道かへりくる藍の男のはためくころも

炬のごとき女と媾(あ)はば満ち足らふ欲念ならむ渚ゆきつつ

木曾谷を奔(はし)る中央西線に死者と語らひ居たり　夕ぐれ

落葉松(からまつ)の林の雪は下敷けど夕映えが来てはざまを飾る

たとふれば禄米食(は)まぬもののふのふくみ笑ひの手練みね打ち

蟬の絵をあまたあつめて冬の夜のつややけきまで視る人われは

さざん花の夜(よる)ふかき花ほの白うまた月明におびき出されて

一群は他の一群と会ひしかば訛(なまり)はひびくしきいしだたみ

自殺企図この女人にしありといふしかすがに嗚呼死なば安けむ

東方へ還帰する鶫のひとり旅さびしきつばさわらひつつ寝む

たんぽぽを根ながら提げて母に見すいくばくもなく天（てん）へ発（た）つゆゑ

フェティシズムまで行きつかば清しかりけむひるがへる疾風の布

若き日の肉声のよみがへれども文月七日の切なかりける

あはやその時すはこの時とふためきし曇天の死も年をへだてつ

母と居て秋咲き截るはまぼろしかまがふかたなきまぼろしである

さんごじゆの実のなる垣にかこまれてあはれわたくし専ら（もは）私（わたくし）

なほ望み持ちゐしころかさんご樹に雨蛙来て声をかはしつ

眼の下の雨の銀杏の若萌えのさゆらぎにつつ才走りゆく

陥穽の待ちうけてゐる一日とおもふもたのし　南から雨

アイロンの余熱をおそれいましめし或る日の女　過去となりたる

夕雲のそこはかとなき暗き青今日は見つ明日ふたたび暗き

母逝き四十九の昼すぎぬ呪(じゅ)といひて幹をはなるるつくつく法師

透羽(すきば)もて木(こ)の間(ま)にひらめくは秋蟬かはた　母か遠のく

伴奏のあはあはとして続ければひとりし唱(うた)ふ口(くち)のあけぼの

あまつさへしかるにしかしのみならずいはばいくらか母をあざむく

さりとてもさらばはてさてひとしきりじじつしんじつ吾を見うしなふ

くらがりになほ闇と呼ぶぬばたまの生きものが居て芝の上うごく

つめたさも此処までくれば射しこみてすがしと言はむ月光の父

泣き顔をして近づけばふるさとはいづくの露地か笛のすがしき

新樹の歌

――亡母を憶ふ折ふしに作れる歌三首

晩夏(おそなつ)の庭はしめれる朝曇り草にのぼれる空蟬(うつせみ)いくつ

昨(きぞ)の夜(よ)は柩(ひつぎ)置かれて人つどふ部屋なりしかどむなしきに花

母亡くて百日(ももか)経(へ)にけり解かれたる禁忌のごとく逝(ゆ)く想ひあり

樹を植ゑて四五人の人去りしかば風いでて居りくらき木末(こうれ)に

このゆふべわれをおそへるくらがりのはな甘く刺す匂ひを撒きて

——九州へ旅した冬の日に二首

博多の天神町に降る雪にまぎれむと来しわれや旅人

さやさやとつばさ並(な)みゆく夕鳥(ゆふどり)は志賀(しか)のしままで行くにやあらむ

グレゴリア聖歌のやうな声を出す誰飼ふとなき山羊と居りたり

馬追(うまお)ひの居る壁ぎはに眼をやりて女のいかり過ぐるまで待て

北へ北へとながるるほそき雲見れば緊(しま)りし冬の時間過ぎたり

幻の雪

空から青森湾のつよき弧を見つつ来にけり千歳（ちとせ）あは雪

札幌はみぞれひらめく朝ながら「梁塵秘抄」よみさして出づ

今様（いまやう）は佛たたへてうたへども床（とこ）さびしともうたひなげかふ

長方のせまき一室に入り来たり人を刺（さ）すことば書きはじめたり

立ち直り来しといはなくに北國の鐘のなるまでしばし待てといふ

沖さして立つしろがねの水鳥はなほ凍らざる水のたたへは

友どちはわれをかくみて歩みいづさびしかれども従ひゆかむ

南からきのふきたりて雪を讃(ほ)むわれのこころはつひにゆふぐれ

母がわたしにとって世のつねの母親であったのは昭和廿五年ごろまでであったろう。その年に母は病み、以後、母親はわたしにとって生活の制約であり被保護者となってしまった。母はそのことをどんなにか残念に思い、不如意に感じていたに違いないと思う。〈わたしは、なんにもしてあげられないからねえ〉と母は、よく言って、寂しそうな顔をした。たまに、わずかばかりの稿料を得た話をすると、息子がものを書いて金を得るようになったという点には別段感情をうごかさないで、「貯金してるんだろ。貯金しときなさいよ。お金は大切だからね。」と言った。わたしは、「そうだね。貯金しておくよ。」といえばよかったのだろうが、もとより、貯金するどころか、すぐに本代に化けてしまうのが常だったから、正直に、「すぐつかってなくなっちまうんだよ。」とこたえ母をさびしがらせた。

熊蟬の啼きつつのぼる枝ありき戦中戦後母の真夏は

狂はむばかり蟬を怒りて母ありきするどき人は死にゆきにけり

オナニイのそのとき不意に母きたりふためきて去る　とほき蜩（かなかな）

小庭（さには）からもどりきたれる母を見て話題を変へしかな弟は

腎病みてこもりし母に戦争はあは立つばかり草原なりき

大戦ののちかへりこし和平（たひらぎ）もあをあをとして冷ゆといふものを

母はいささか楽（らく）になり
空模様など気にするな
濃き番茶からあわき水
午刻、残酷、即、桎梏
医師朗らかに嘘をつく

枝（えだ）はひねもす空にあそべる枯園（かれその）やきはめてうすき縁（えにし）ともおもふ

歎声

死んではいないから歌らしきものは作りつづけられる。詩歌についての因習的な固定観念は残存している。だから、《歌》が生きているかのように人々はふるまってもいる。
それももうそれほど長くはないように思える。型にはまったナツメロはどこにでもあふれている。型を失ったおしゃべりも又。しかし現代の《歌》は久しく聞かれない。

大空も春の淡(あは)さにひろがれる二日の市(いち)に板二枚購(か)ふ

風道に紅顔童子立てりけり髪を率(ひき)ゐて佇(た)てりけるかも

落日に金枝銀枝をささげたるいてふばやしの銀杏(ぎんなん)の王

おそるべきつばさのむれのすなどりのいつ果(は)つべしや海を叩きて

歳月

1　ざわめく春。ニューファミリイという新語が生れわたしは笑った。

歳月はさぶしき乳を頒てども復た春は来ぬ花をかかげて

日月は此処にも照りて平安のたへがたきまで異境とおもふ

とどこほる時のはざまに息つめて核家族とぞいふ語古りつつ

「虚飾なき言葉」こそ嘘偽ならずやも肌理あきらけく咲きゆく見れば

罰なれば生きざらめやも感官のあざむくままに生きて愛して

かくのごとくわれもありしか青春とよびてかなしき閑暇の刑は

2 模倣論議を好まなくなった。詩観の成熟によると言うべきか。言うべきだ。

寒くあらく保守派を推して帰り来ぬまだいくらかは幻想がある

誰か来てなにか言ひ居(を)るひとふたり猫の雌雄と棲みつきたれば

母をよぶ声はしづかに熱しつつ草生(くさふ)するどき原をへだてつ

こことい ふ選(えら)びをつねにあやまちて夢のごとくにたのしかりける

からたちの花しらじらと過ぎにけり垣をつらねて過ぎゆきにけり

五月五日はげしく臭ふ 屍(しかばね) を剖きてゐたりわれは寝なくに

3

阿蘇にはゴルフ場も温泉もあるが、昔わたしはスケート場で手傷を負った。

大阿蘇の山焼きの火のおのづから一つの丘に塞(せ)かれつつ燃ゆ

女率(ゐ)て寒(かん)ごもりせる阿蘇の湯の栄耀(えいえう)のなきしづけさあはれ

をちこちに昼のほのほのさびしさを見つつし行けば阿蘇も終れる

外輪の丘のなだりを燃えくだるくれなゐの火はいづへにほろぶ

大小の精神の傷(きず)さはあれど雨に房(ふさ)振る花さへあれば

しばしばも車は野火の際(きは)すぎてくれなゐの舌冴ゆる夕ぐれ

4

歌作りをたのしみ且つ照れている。表現は照れかくし。そうかな?

ひしひしと花芽つらねて春となる境(さかひ)のひと日そらはさわ立つ

青ざめて草に埋(う)もるる機関車になほしばし差す月夜なるべし

沐浴(ゆあみ)する音にまじりて聴く雨に待つとしもなき時はうつろふ

目に見えぬたたかひをせむとりかこむ物象はみな女なれば

淡粧(たんしやう)の瞼(まぶた)見えをり少年のときから今に苦(にが)し女は

5

林檎の花の町で井伏鱒二の古本を買ったりした。

感冒の舌にて食(は)める柑橘(かんきつ)の味にはじまるひと日といはむ

かぐはしき蕾生(つぼみあ)れくる樹の肉を言(こと)の葉(は)あまく言ひいでむとす

夕まぐれまで侍(さむら)へば淡(あは)き眼のとがれる顔に真向ひ居たれ

伊那谷をのぼる列車の彎曲の果樹園ひとつ巻きて過ぎたる

背をつたひゆきし唾液にほのかなる光(かげ)さしたりと言はば言ふべく

幹に倚(よ)り仰ぐこころは昏みゆく転生をして樹にならばなれ

6 『戒厳令の夜』をよみながら心うずく。世代特有の発想の癖がある。

ヴォキャブラリ此の年月（としつき）にかたよりてここだも亡ぶその語彙かなし

西方に向く夕雲の冠（かんむり）のはげしき映（はえ）は母を思はしむ

懸命に光あつめてゐるごとき一本の樹の遠のきにけり

手燭もてひらく未来の一歩また一歩を誰も君も信ぜず

いきいきと顔上げし友さみどりの筆もてわれの虚像画けり

オリーヴの沈む器（うつは）を打ち合ひてわれらはたのし母死に行けど

7　九州にいたころ髯をのばしたが何のためだったのかもうわからぬ。賭けに負けて剃ってしまった。

うかららは白髪（しらが）みだれてさびさびとわれを責むわれは長兄なれば

元（もと）坑夫口笛ふきて湯に居たれ身を抜きざまに声は泳ぎつ

偏見のいよよふかきを年齢の属性として居直れる見ゆ

ひといきに髯剃りおとすあはれさを長くおもひてためらひしかな

深志まで挿木しに行くわたくしは否応（いやおう）のなきいきさつ持てり

8　札幌でおどろいたのは冬靴と夏靴のあることだった。支笏湖の雪がよかった。

さんざめく心を雪にさらしては帰路さだめなき旅に居りたり

日本弧は今し北から昏れむとす此の湖岸(うみぎし)の四時の宵闇

づかづかとふみ込んでくる物言ひの柄(がら)あざやけく裾ひろく着て

熊笹に降りつむ雪に流れたる韻律を聞くさびし韻律

奥州を縦ざまにゆくジェット機の閑吟をして行くにやあらむ

千歳(ちとせ)より直路をゆきて大いなる街よこたふをいかにかもせむ

9　照葉樹林と雨。これがどうも愛恋と短絡するらしいのだ。

あぢさゐのあめのまどひの稚なくてさぶしき退転をかさねたるかな

ひねもすを乾かざる枝さしかはし組みかはしつつ春の木われは

土砂降りに盲（めしひ）ぶりして行きしかど女は在らず卯の花ざかり

ふたりして雨ごもらむと行きにしを off の宿房川音（かはと）のみして

駐車地をさがして徐行するわれに「広重」の雨しばしそそぎつ

性愛にかかわる素描集・他

1

性愛にかかわる素描集

女の心はわからない、と男は嘆く。

その意味は、
女の心はかわった、それもおのれの希望的観測に反してかわってしまった、というに等しい。

つまり、女の心はわかっているのである。

男の心こそ、永世、混沌としてはかりがたいのではあるまいか。

反論がないわけではない。例えば、閑吟集二〇一は言っている。


　独り寝はするとも、嘘な人は嫌（いや）よ、心は盡くいてせんなやのう、世の中の嘘が去ねかし、嘘が。

刺し殺すところまでゆく空想の濃淡の朱を流しつつ消ゆ

みだらなる言葉をただに悦ばぬかかる境には何時到りけむ

およそわれ女を視つつをののくは水禽ならむ　喚ぶ声は霜

夜の椅子女に向けてはなちたる紙飛行機はたゆたひにけり

気障つぽくなるのをひとのせゐにして白衣の下はまたジャンボ編み

部屋内を腋窩あらはに行きにしをピザかじりつつ想ひ出でつも

女らは熟睡の腕垂らしたり書をし開くごとくひろげて

徐行して巷をゆくはなんのため憂ひをはらふファミリイのため

性愛のままに頽れゆきにしや岡井隆といふ青年は

2

鎌倉

北側の濡れ縁に一昨日（おとつい）の雪を置き
日向にかざす裏山ごしの風花
女がかげって　メリヤスが乾いて
ぎっしゅぎっしゅ野武士が帰ってくる
酒が入って　抱きすくめられるだろう
萬里　冬ごもり

もだもだとしてまつはれる感情も腰越すぎて去りやしぬらむ

はなの差もて死に勝ちたるは北条かぬばたまの闇に水仙浮かぶ

鵜の鳥の潜けるあひだ波いくつすぎにけらしなただよふみれば

弟に家督ゆづりて伊豆を指すあまき音楽のいざなふかたへ

はじまれるかもひよどりの椿喰ひ視よ視よ視よといひし人はも

正系のさびしさに耐へざらむときみにくく若く通ひつめしか

夕ぐれは逐はれて空にひろげたる公孫樹の枝の網の目の紺

系累の嘆きも知らに月明のその夜々(よひよひ)の満ち足らふ愛

権力は眼をほそめつつ見てゐたりやぶさめの的(まと)ひとつにしぼり

3

劇薬の……

馬の血が天からまつすぐ床上に垂れているが血だまりをつくることはない
ルネサンスの朝その数滴を舌にうけてから仕事に出てゆく

劇薬のひとつを選ぶためらひの午後をつくしてためらひやまず

驢（ろ）に乗りて私人蘇軾の行きしこと昼ふかきころわれはうべなふ

アンリ・ブリュラールは白きベルトせりひしひしと纏（ま）く粗皮（あらがは）われは

マニエリスムの旅

鶯卵亭昨今

故知らね　囁沼(ささやきぬま)に芹を摘(つ)む　黄檗の僧ふり向きにけり

ジェロニモを連れて巨きな月を愛(め)づ　あはれ和音の瓜(うり)口移し

挵蝶(せせりてふ)の行方(ゆくへ)あらあらしくてなむ　疫病の庭夕かげり来も

嬬恋へば瀬ごとの鮎の瀬の鮎の　宿直(とのゐ)の部屋に惜しや　幻(まぼろし)

国生れて漂ふごとき暑さかな　宵すぎてこそ歌はあんなれ

一民族一日本語（いちにほんご）の夏祭　肩車して行けば寂しや

かがり火に横顔をのみ想ひ出づ　あのころぞ我が狂ひそめしは

雷霆（はたたがみ）雨中給油所そそのかされ　そそやかされて男は行くも

かつかつと書嚙（ふみ）むばかり半夏生（はんげしやう）　劇画の女（ひと）の、やよ仁王立

霜月のわが性欲に似たれども　サフランの青咲きみだれども

批評しぐるれパトグラフィアの夜明けまで　永田和宏仁和寺の家

マニエリスムの旅

1

ウェッジを持ちて暫らく庭に居しわがうちふかくぐもり遊ぶ

秋おそき花をせせりて夕まぐれ中型の蛾のわれと交際(つきあ)ふ

凝視する青年の眼を厭へども小戦闘のいつかあるいは

抱擁のはつかためらふ転瞬にうしなはれたる言葉ありたり

年齢の指示する埒はいかにせむ旧歌恋々書き乱れたる

2

徳島へ公用の旅。「音楽の力によって激情そのものは自らを享楽する。」ニーチェ

童謡をもはら欲してわれは行く阿波の鳴門を流るるや海

轟きて木の根を焚ける朝の渚激情のいただきは昨夜(きぞのよ)

海境(うなさか)はあつき曇りを分けながら今し水より陽の揚(あが)り初む

こまやかに時間を割(さ)きて人と会ふ毛ぶかく優しかりし案内者(あないしゃ)

底ごもり来るトラックに夜もすがら窓きらめきし島の宿りか

女流歌人ふたりあらはれ見下せば鳴門へつどふ潮（うしほ）も船も

放射性物質（アール・アイ）あつかふ部屋の若者はおどろくばかり感性撓（しな）ふ

着膨れて若布刈りゐる父母（ちちはは）に喚びかけて行く童（わらべ）ありにし

量感のけぢめなきまま海に入る濁れる青を吉野川と言ふ

3

「男の成熟――それは子供の頃に遊戯の際示したあの真剣さを再び見いだしたことを言う。」ニーチェ

仙台に逢ひし時雨を朔太郎論に重ねて今想ひ出づ

鬼房(おにふさ)はあへて方言をつかはずき旅鳥(たびどり)の沼しづかに語る

ひる過ぎの動物園に率(ゐ)たりける家族(うから)とわれといづれかなしき

昼を翔(と)ぶジェットに居たれ日程のまぎはまで来ておのれ疑ふ

建てかはる駅舎さながら寒きとき蕎麦すすり込む南より来て

北国のあはき日差しに飼はれつつアフリカーナのつひの寂しさ

モノレール遊園の空周(めぐ)るたび反芻をして昨夜(きぞ)のレクチュア

学問に流眄(ながしめ)くれて久しかり半日君と君が書庫に居る

遠く来て人と会ふたび無智に過ぎなほ飄然とわが四十代

4 福岡から訃報。葬儀のため日帰りの旅をしたことがあった。

雨の中するどくなりし官能の傘のさばきもいらいらとして

衰弱の限りに居りて子に托す激しき言葉今日も伝ふる

東京に泊るものうさひしひしと敵地と思ひてありし歳月

板付に羽田に辛き往還の逝きたる人は支へくれにき

葬りまで間ありて覗く天神町レヴィ＝ストロース見出でよろこぶ

荘厳の響きの前に額伏して死は紛れなく知己を連れ去る

軽麻痺の和尚が統べて進みたる霜月の雨荒るるみ葬り

5 小旅行のたび空港をすぎた。あるいは旧い鉄道を伝ったりした。

雨の谿間（たにま）の小学校の桜花昭和一けたなみだぐましも

燈（ひ）を点（つ）けて魔の夕ぐれを行くときに蜜凝（みつこご）りたる西空が見ゆ

奥三河（おくみかは）またぎの通ふ岩道は搾（しぼ）らるるまで露をたたへつ

ふるさとを持てば寂しや稚（をさな）くて泣きたる道を稚きと行く

せきれいを産みてせせらぐ水上（みなかみ）のかの谿谷も秋さりぬらむ

からたちの実の黄（き）の照りに花を憶（おも）ふへだつればこそ匂へ九州

飛ぶ波のはげしさまさるタまぐれあたたかな医師それさへ演技

鳥獣のこころよ騒(さや)げ天よりの日はぜんまいの渦に注ぎつ

老坑夫ふぐりあらはに顔洗ふかぎりなくへだつれど隣人

6 パスカルは気晴らしと言いわたしは慰藉と言ったが誰も理解しようとしなかった。

ふるさとの縦横の灯(ひ)を暗黒の虚空(そら)より見つつ帰り来にけり

数かぎりなき悪徳をゆるしつつたのし中年機内に眠る

京に逢ひたのしかりしをさまざまに叛きか行かむわれも彼らも

草稿を一すぢに消し立ちあがる鳥打（とりうち）帽はややあみだなるべし

徳島の小空港のたのしさは言葉の河に浸（ひた）りゐたりき

玄海をすぐる嵐に揉まれたる博多（はかた）天神傘（てんじんかさ）さす葬り

糖質をわづか抑へて旅立つや誰からさきにみまかるも運

梅園にいざなひしときしんしんと笞（しもと）欲してゐしにあらずや

麻羅たてて真昼の風に目覚めたり旅にしあれば暇（いとま）を睡（ねむ）る

粟(あは)のごとき詩才つたへてみまかりし根の国の母おもふしばしば

鳥羽へゆくフェリーの底にはかなみし一生(ひとよ)といへど波にまぎれつ

否定語的越年集

つややかに椿（つばき）葉照りてさわ立つや冬の一日（いちにち）書評を憎む

いまだ視ぬもの欲しがりて夏の日の神保町を歩みゐたりき

印鑑を持ちて向へりくろぐろと雨はじき来し見知らぬ人に

ねばならぬ何一つなき正月を阿蘇山間に過ぐさばいかに

覆刻版『馬酔木』を欲しと思ひつめまたあいまいになれば飯（いひ）食ふ

ニクソンを境(さかひ)としつつ懐しくなみだぐましく旧(ふる)き貧の香(か)

日本語はあやふしとして書き継ぐを横目に見つつ堕ちゆくわれは

騒ぎ止まぬ定型格子

水牢のごとき世界に浸(つか)れども死に灼(や)かるれば悲しかるらむ

〈私(わたくし)〉の上に斜めに線(すぢ)引きていざ還りなむ水のむかうへ

生きゆくは死よりも淡く思ほゆる水の朝(あした)の晴また曇

約束の時刻に出でて退(さが)るのを仕事とぞ呼ぶ時世(ときよ)清(すが)しく

力感のあふるる構図に辟易して梨食ひはじむ生活者われは

弁護士の話を聞きて寂かなるそよぎの中に心ありたり

俺らしくないと思(も)ひつつ声高に言ひ争ひつ寝(い)ね際(ぎは)さびし

新宿区を去りたる時に選びたる渦の境界さはさりながら

定型の格子が騒ぎ止まぬ故むなしく意味をひき寄せにけり

「伊勢」を読むあつき砂の上追(へ)はるるを常(つね)たのしみて女はあるを

海は東の岬を攻めて居たりけりわが入水死今は思はず

荒(すさ)みつつ深まるものを愛としてさしあたり今日岬(みさき)潮騒

サーファーら浮きて遙けき波待てり運命甘受宿命感受

よみがへる面輪は昏き海の辺(べ)の水浴の女(ひと)かがやきにけり

近く棲むことが最も遠く在る此の様式の数かぎりなき

酒あたため　枝かがよへる月明の昨日も今日も肉食ふ男

まなうらに奪ひきたりて尚繊くするどく思ふ冬の銀杏(いちやう)は

愛餐

近所の蜜柑畑にこのごろ猪が出るそうな。

はつさくの実（み）の黄金（わうごん）のしづもりに仕事の深さ恋ふべくなりぬ

二月は朔太郎の詩に注をつけてすごした。

前橋の「雲雀料理」を売る店をあまたたびわれ夢におとなふ

植物の生のおそろしさ。春は、それを思い知らせてくれる。

風邪ひきてこころ繊(ほそ)まれ海も空も春にむかへるひびきと思ふ

愛餐は宗教用語だが、どうってことない。日々これ愛餐。

あはれあれ愛餐(アガペ)に在りて頽ちたる彫りふかき魚顎こそよけれ

自画像は多分不可能であろう。

かげりある男 女(をとこをみな)の一組の釘をつかみていさかへるなれ

シェーンベルク「浄夜」の不安な音響は春になる海の声に似ている。

洋凧(だこ)の青きを揚げて海のへに時はうつろふ満ちてうつろふ

感冒の昼、ブローティガンを読みこもる。

今日一日(ひとひ)天(あめ)の変化(へんげ)のはげしさやこころをさらふ春のきさぶれ

迅い雹のあと、東天低く虹がかかった。

はげまして耐へさせ居れど苦しさの力にゆがむ手の甲あはれ

方言を使っても無理のない年齢に到った。

大男暴(あば)るるを見てかへり来ぬあかねさす昼飯(いひ)のあら噛(が)み

わたしは一箇の内科医にすぎぬと、何度叫びたかったことか。

幻影の愛餐の肉冷やすべく春の霰は芝生にたまる

職人の中に彫物の美しさを誇る背中もあった。

朝疾（や）みて奔馬のごとく死にゆけり術（すべ）なかりしや術なかりけむ

気まぐれに埋めても球根は春を知っている。人生の喩か。

当地方にはやさぐれの兵たちの老いて劇症肝死するもあり

寄贈書に応えできぬこの寂しさ。

贈りつつ返礼のなき不気味さはいかにかもせむ知れど礼（ゐや）せぬ

叔父の死も糖尿病にかかわりがあったろう。

棺中に花撒きちらす風習はいつよりのこと泣きつつ叔母は

雲雀料理ってのは雲雀が天空でいとなむ料理だとか。

大地より二すぢ三すぢ揚がれるをまたかぎりなく啼きつつあがる

ことわりの言えないたちのわたしも鮫の肉は食べたくないと言った。

たとふれば編集者からかかりくる夜半の電話にふりつもる雪

わたしは不満を彼女は怒りを包んでいたらしい。

雨雲は沖へむかひて迅きとき海よりの雷その場を救ふ

升味準之輔の政治学をよんでいると六十年代が浮かんでくるのだった。

灰黄の夜業から降りて来て思ふ状況といふはわがことならむ

また本の話だが田中千禾夫『物言ふ術』を今まで知らなかったとは！

人体をつぶさに観つつ思考泳ぐ埒の外まで泳ぐしばしば

若い人と会うのは同世代の慰め合いよりいいと思った。

直観のまにまに投げてくる言葉はげしき草は尖れども青

わたしの口から言っても誰も聞かぬ真実もある。

ものぐらく一冬すぎし部屋隅に縛られてゐる裸婦像の白

働らく場所を変えても立場は同じだ。

まとめつつまとめあげつつ来しと思ふたへがたきまで言葉は悪魔

再び。ブローティガンの本は、中年にも似合うのだ。

妊娠を怖るるといふ埒もなく一夜溺れてゐたりけるかな

大部分の人は「地方」のこころを生きているのだ。

底辺を流るる砂ぞ忘るるなおのれみづからに言ひふくめつつ

1　海の庭

加齢こそおのづからなる病ひとぞ人には告げて今日は終つた。

チューリップの花芽を覗き込む男齢(よはひ)知命をきのふや過ぎし

想像は飼(か)ふべし空想は除くべし。北村透谷二十四歳。

春あさき日の斑(ふ)のみだれわが佇(た)つはユーラシアまで昔(むかし)海庭

一方（ひとかた）に思ひつめたる男などさらりとかはしたのしかりけむ。

室内の辛さにしばし立ちあがる夕空の罅（ひび）さくらの枝は

多才なりしサン・サーンスの詩を知らず。誰かひたひたと教へたまへな。

中腰になるとき見えし花の芽の房こそ闇になだれたりけれ

ある年の頃も今ごろわたつみのいろこの宮のほほひげの神。

海の方春のをどりは続きつつあらき砂粒（さりふ）はかがやきそめぬ

初期歌謡論をよみつつ時折は沖に出て行き陸を笑つた。

水際の遊びの終り藁帽子いくつうばはれたりし夏の日

大いなる蛾の鱗粉を埋むべく夢のさなかの手術（すべ）に立ち会ふ。

苺一顆はなやかにして口の辺を今かざり居り風の夜寒を

糖尿病患者の末を集計しておのれみづからを刺さむたくらみ。

夕（ゆふべ）まで風に鋤（す）かれて居りしひと卓上に手をかざせば砂が

なつかしき安西冬衛。満州といふひびきには文学がある。

十八世紀風弦楽のなすままにこころは昏く海にいでたり

医師にくる贈答品をいましめて会議は終る。鯉を見に行く。

海のへの園にしまける夕嵐花木の苗を購(か)ひて歩める

2　器楽曲

鷗外の戦陣書簡よみしかば晶子にきびしかりしよ彼は。

太陽は水の向うに落ちにけむ愛の器官の底ごもりたる

どこからか〈神も昔は人ぞかし〉囃すこゑあり。漁港のまひる。

海のへの銀行支店器楽曲鳴りつぱなしの車より来て

閲歴にひそむ女を記憶して友人なれば意地のわるさよ。

もの言はぬうす気味わるき青年を統ぶれども吾もかくてありけむ

閨閥といふ事実にも人界の一切がある。歯がみするまで。

器楽から遠く生活を流し来て体臭の濃きあはき折りふし

から松につづくから松。濃州を信濃へこゆる峠おもへば。

古典的曲目の蔭さはやかに左半球を侵しつつあり

飲んで書く。此のなだらかな酒壺の「肩」と呼びたり清水昶は。

瓜を抱く醜男（ぶをとこ）なれど若ければ〈孔雀革命〉とぞほろびし名

部屋内にさしこむ冬の日のふかさ。面あげしとき眼に出会ふ。

あやふくも海波（かいは）の劒（つるぎ）さやぎ立つ南岸沿ひにさすらひて来ぬ

おのれ自らに〈強ふる〉といふ意なり。蜻蛉は舞ふ秋の生垣。

蜜を煮る火をほそめたり苦しさや身のほど知らぬたたかひ強（し）ひて

くせつよき毛髪を矯（た）め矯めながらティンエイジを過ぎたりき、ああ。

肉体はつねに衰ふとただ一語のみ海光の充ちて浴室

重なって来る映像は種々あるが死にぎはの母。かなりきびしい。

立つものは海にあら立つ波の秀のわが母の眼は切れ長なりき

3　瓜と閲歴

エディターに電話を入れてたたかはせども稿料にふるることなし。

岬山（さきやま）の南岸ぞひをただよへる人頭大の瓜にしもあれ

大島史洋、句集幾冊かおくりくれぬ。強がりを言ふ齢にあらず。

鋭どさはうしろ向きかな今夜はも闘争的になりて書きゐつ

にじますの肉をえらんで移動する夕街の市（いち）。わたしもまじる。

人工を繊（ほそ）くくはしく重ねたる時代（ときよ）と思ふまで退（しりぞ）きぬ

声帯をやられて愉快不愉快を超出。やつをなぐりたくなる。

閲歴をあいまいにして働けど撃（う）たるるときは楯もたまらぬ

隣人といふかたちでいつもあらはれるいやらしくなつかしいエートス。

九州を一辺境と思はめやからくれなゐの没日（いりひ）の車輪

買ひたくて土地を見にゆく。蓮の葉の雨。さびしいぞ一所定住。

薄荷臭まじりつつある夕ぐれの部屋なりしかど敗北は来ぬ

蓮の葉のしづけき国と思ひけり。二六一の八五七七。

しらぬひ筑紫を経つつ来し道をときめく人はあはれみ給ふ

茶の花をふりこぼしてや逢ひに行く。関東平野ひとふかく棲む。

起きいでてふしどの上にすすり泣く典型的なあけぼのは来ぬ

Nさんも髪うすくなり歌よみが小説を書く是非あげつらふ。

日暦の裏がははつね虚しさやあまねく白くむなしさは来ぬ

八日。父、喜寿の祝宴。地下鉄はわがふるさとの丘をつらぬく。

水滴（したたり）の窓にあつまる夜半ながらうらがへりたる顔ひとつ見ゆ

4　野菜鍋

小庭には花咲き花の向うからさげすみの語のとほることあり。

しづかなる怒りを溜めて桶のごと暮れたる一日(ひとひ)髪刈らむかな

午後二時の上りの「こだま」。ゆつくりと挿し入れて行くあつき舌端。

人間の堕ちゆきざまの眼の動き誰か居てそを見とどけて居よ

四十年以降の人の下馬評に君は入つてゐるか、知らない。

夜の園冬木の銀杏(いちやう)みてたてば植物は上より見下(おろ)しぬ

日本語になめらかに挿しはさまれる米語もどきの言葉また言葉。

職すててよそへ行きたる男かや細長き魚(いを)焼きてこもれる

退官を惜しむつどひに万葉の一首を引いて言へば寂しや。

如月はいまぞいちやうの太幹に上枝(ほつえ)下枝(しづえ)の影しづまりぬ

梅林は一種異様な深さがある。その入口でほろびたる愛。

田園は機器のどよみのたえまなきさびしき春となりにけるかも

「逢はざれば咫尺も千里。」やはりその韻律の中こころが動く。

宵闇の湖(うみ)にむかひて箸つかふ「咫尺も千里」とふ歌言葉

山茶花の毛虫を焼いて心きまる。あの荒涼とした土地は「購(か)ふ」。

感情はおのづからかくこまやかに乗りゐたりけり否といふまで

歳月にいたまぬものを恋ひ恋ひて夕街に咲く花のさやけさ。

ぎつしりと野菜煮え立つ大き鍋車の鍵（キイ）ををさめつつ恋ふ

枝の園。星を抱いてとがり出す枝、枝、枝の。こころは閉ぢて。

ひむがしの一いろの青ほろび行き生き過ぎたりと誰かいふ声

5　鳥獣譜

ほのかなる酩酊の人、岩の間をくだりきたれり、海に酔ひたる。

大海のなぎさを移る風の渦かすかに砂を巻きあげて居つ

雪のうへのさらさどうだんそのあかき芽がふくまでは生きあせりすな。

鳥獣にまじりて人の遊ぶ見れば戦後は過ぎてあらたに遊ぶ

吹雪、また吹雪。山上駅に来て一椀のそば、わらび添へたり。

緬羊は無数の房を垂れたれば暗くよごれてゐし下半身

このふるき詩型によせる愛憎はたとふれば今日午後の海潮。

風の林の底を歩める黒き鳥をりをり人にしたがひ歩む

いのち、あるいはさしせまりたる演技かな。なかんづくわが医師をよそほふ。

色彩の汚点となりてこのゆふべチリ・フラミンゴ沼に立ちたり

なにかよき音をきかせよ。知らざるはわれのみと今日、寒山笑ふ。

おどろくべきこととも思ふわれすでにわが残年に夢を描かず

義母きたり春ちかからむ海を見る。大揺れの枝、なべてはなやぐ。

海のべの園あたたかき夕ぐれや花をあつめて日に捧げたり

むかし見し田川の流れ今日もこゆ軽便鉄道単線の駅。

うから率てかもしか園へ行くまでのつらき曲折さはれあは雪

四月三日。すばやきものをおくりたり。松本は雪、ここ甘き雨。

樹をはしる風の迅さや思はざる春のあらしに捲きこまれたり

その日午後四時あたまから濡れながら一つの声を待ちゐたりける。

朝市の甘藍しづかなるみどり満ちつつあらむいま海庭は

『人生とはなにか』（村上一郎著）再読

年齢の接近をかりに友と呼びにこやかにせむしましのあひだ

先生は先生はとぞ迫る声ききてひるむといはば言ふべし

光さすふるさとなどと言ひながらふかぶかと切りさきて行きたり

むし暑き地に影絵して遊べども人生といふ不可視の書物

異なれる星にも口あかき女（をみな）居て夕かたまけてたのし劇画は

敗亡を覚悟してゐる生きかたの夕映ゆる丘越ゆるごとしも

音たてて迫るを老と知れれども森鷗外にこころよりゆく

安楽死、　此の訳語こそさびしけれ苦しさ冴ゆる生の結末

茫として仲間のなかに立ちつくす環(わ)をなし沈むわが仲間らは

人の生(よ)の秋は翅(はね)ある生きものの数かぎりなくわれに連れそふ

吉本隆明詩への十数箇の註

〈わたしを時折苦しめたことはわたしの生存がどのやうな純度の感覚に支配されてゐるかと言ふことであつた　言ひかへるとわたしはわたし自らが感じてゐる風と光と影とを計量したかつたのだ　風の量が過剰にわたるときわたしの宿命はどうであるか　光の量に相反する影の量がわたしのアムールをどれだけ支配するだらうかと　言はばわたしにとつてわたしの生存を規定したい欲望が極度であつた〉　吉本隆明〈固有時との対話〉より

〈感覚〉はむしろしばしば　官能と語意しぐれ合ふやさぐれ詩人

ソナタ第三番のセロ　かき乱しかき立てられてゆふぐれ行くも

楽音に研(と)がれてせつな切なきをこの感覚の彼方　死が見ゆ

青年の肉体はまた器(うつは)かな春の卵を容れてしづまる

〈雲雀料理〉　その造語ともつかぬ語の惨憺として声殺したり

感官の戦後的なるきびしさも光に逢ひてはにかみにけり

なほ暫し曲れる谿に棲まむとす風量計のあはきむらさき

立膝をして胡坐(あぐら)して詞(し)を書けば　唇(くちびる)のへに蜜は寄りくる

註記その久しかりける日常に逆(さか)さに嚙んでくる悔(くい)のある

風景を断ち内側へまくれ込む草生(くさふ)渚(なぎさ)のうつくしきかな

権力の丸抱へにて行く旅は草の凪(なぎ)からまあるく明けて

むしろ時間がぎざぎざの葉を垂れながら闇の中から吾(われ)を視てゐる

〈風景はわたしを拒む〉さこそあれ楕円抱(いだ)きて死に孤立して

青春の詩を読むべくはたましひの翼(つばさ)を濡らし春の夜の雨

わが戦後

なにか知らぬが、戦後は、わたしにとってつねに聖なる地域であり、おかしがたい時間帯である。戦後文学があり、その反動があった。反動は長く長くつづき今に至っている。そういう風にわたしは思っている。そうとでも思わなければ、わたしの女性観など、解しがたいのであった。戦後は即ち女でもあった。

自転車の鞍部をはさむただむきのきよき少女よわれに来ずやも

わが貌（かほ）のみにくく若くゆがむ故夏草すぎてわれに来よわれに

女とはやはらかくして包みくる 掌（たなごころ） とぞ長く思ひゐき

アメリカを撃てアメリカを憎めとぞなにさやぎゐし夜半の奈落に

女への幻想の斧ならべたりあかあかとしてかなしかりけり

中野町中原百

中野町中原百は国有地であるが今のわが住居地であって多くの知友がこれを中原。町中原と書きまちがえているのは多分いつぞやのあやまった年鑑の記載を踏襲していると察せられるのでどうか今からでいいからご訂正くださるべく尚郵便番号なるしゃらくさい細工に同調されるのならこれも四四〇すなわち獅子王と記憶されたく存じ上げるが否か応か

中野町中原百は旧軍の銀杏(いちやう)百本萌え立ちにけり

事シ有ラバ事シ有ラバといふ声のわがわたくしの死(しに)をふふまむ

老いつつぞ若きをいらふたのしみはわが春秋に思ひみざりき

皿二つ夕べの糧（かて）をたたへたり芝白金に人をあやめ来て

くもり日の空を叩きて遠さかる暗緑のへリ遠さかれかし

ユートピア夕景

遠景にまず海がある。

冬波は沖まで硬くむら立てりひややかに人は笑ひはじめぬ

近景を車がとおる。

青首大根（あをくび）をたかだかと積み行きしかば坂下（くだ）るとき揺りあげにけり

他者による他者犯姦のたのしさのいただきに来て画面暗みぬ

殺人にもちひられたる毒物があな愉しげに注記されたる

乳くさき枕をかりてひる寐(い)せし二段ベッドの上段あはれ

「子捨て」また「産(うみ)捨つ」といふ亜鉛がわが真上より指(さ)すとこそ聞け

ユートピア黄昏としも思ふまで〈手の鳴る方へ〉われやまた鬼

一心にもの噛むあしたしろがねの筋(すぢ)をたばねて寒の雨降る

小さなる入江の夕べみづからを鍛ふるごとく波は踊りき

黄熟に入りし木の実はたわたわと葉うら葉うらに照りつつ熟れぬ

たぶんユートピア夕景に捧げられる供物だろう。

屋内(をくない)はかがやき外は星月(ほしつき)の夜(よ)や　官能のからき宙吊り

はらばひになりて暫らくふみをよむ日は照らせども北ゆくこころ

クロアチアまで寂かなる夢満ちて人類といふ軸をしぼりつ

ゆくりなく反ユートピアの声もきくうまかりしかな鴫焼(しぎや)きの茄子

ある日　家人が言った。

「暗い人がひとり家内(やぬち)に起き臥す」と怯(おび)ゆるごとくあはれむごとし

わたし自身、はらをくだして寐ていたのだが。

血を吐いてよるのほどろにみまかれば同年のわれ行きてはたらく

てのひらの二つをあらふみまかりし人の胸よりひきあげて来て

テレビの前でおそい昼めしを食った。

政治的舳艫(ぢくろ)ははるかなる沖にむなさやぎさへなくていいのか

国会中継中であった。

……等(とう)といふ接尾辞をもて言ひのがれたる事務官を愛しはじめぬ

カウンター・カルチュアってなんやろな。

ユートピア夕影ふかくなりにけり街路樹よ塒雀（ねぐらすずめ）さゐさゐ

うつくしき嘘を積みたる文芸があらはれやがて一時代逝く

岡山への試み

岡山へ行った日、博多で路面電車がとんだ。

市街電車かこみてひらく雨傘の明かるき雨を享けてゐたりき

代謝学の聴講は早朝より日没に及ぶ。

中年をすぎて学べばさびしさや市電は細き街を抜けたり

わたしたちは異常気象を悦んだのだ。

二月(きさらぎ)は努力努力といひながら雨蒸し暑き備中に在り

　　旭川右岸のさびしさ。

洲のうへの気流の壁をのぼりつめ鳶の羽交(はが)ひの荒くもあるか

　　朔太郎も若いころこの町に居たことがある。

橋すぎて直ぐまた青き橋に遭ふわれしかすがに帰途を迷はず

　　このたびは墓参省略つかまつり候。

此の川のひむがしみなみ丘のうへO(オー)家の墓はやさしかれども

西大寺筋で昔々、美しい従姉のあとを追った。

落ちこぼれては後(おく)れてはよぢのぼる夢は現実(うつつ)を逆なでてゆく

女と言い争いながら後楽園を横切った、昔。

想ひ出に潰されてゆく器(うつは)かなわれの身体(からだ)は闇をよろこぶ

地縁にてもらひし卵十あまりくりやの闇に置きて発ち来(こ)し

学説は、みんな、アメリカから輸入される。

昨日来て今日去る街に定説の崩るるをきくときのはなやぎ

ブルー・トレイン西へ

せとの内海はいつも汽車と語っていた。

朝明けて海はひだりにふるへつつ勁（つよ）きすぢ引くきさらぎのあめ

眠るにもそろそろ技術がいる年齢か。

農といふ　それもよごれてゆきしかば労働といひ換へしあかつき

死んだ友人も乗ってくる。

うちみだれたる感傷のはざまより乗り込みて来(こ)し九州の人

逃亡者の軌跡をたどるのだ。

みんなみへ北へ岐(わか)るる支線見ゆなかんづく日豊線の淡き弧

印象ふかき東大教授。

やまひあるすべての人は言葉持てり肥前大村聴耳(きくみみ)草紙

慢性肝疾患も予算次第であろう。

天草へ灰ひといろをひろげたる朝海のへにこころ降り立つ

家人の眼を見なかった。

宵闇にやさしかりける青き機関車寂しげに送られて立つ昨夜(きぞ)を思へば

梅の花、各駅舎をかざるころ。

民衆よ嫉視をこめてみだしたる価値とし思はばなにかなげかむ

低気圧が三つも待機しているという。

ゆられつつ目覚めては国おしなべて春のあらしに濡れとほり行く

なにもいうことはない学問ひとり旅。

ブルー・トレイン上段に眠る幻（まぼろし）を抱きおろしたり夜半の通路へ

ブルー・トレイン西へ　Part II

1　ブルー・トレイン西へ

趨(はし)りてすぐる旅としおもひつくるなき模写ともおもふ　過去は蒼白

人ひとり知るもののなき山上へ青年を撃つために来にける

人体に刃をし加ふるなりはひのやうやくにして慣れやしぬらむ

葉の間(あひ)にあけぼのの空移れども腸(はらわた)煮ゆる境涯ならず

ブルー・トレイン西空高くすぐるころそのかの母と口すぎゐむ

暮閉ぢてわれは寝ねむ頭（づ）をふりてすすむ夜汽車の関ケ原越え

揺れながら湖北の闇を覗きこむセリーヌはいふ死は「なしくずし」

蒼球の一部のごとく海みえて雨は車窓に寄りながら降る

みじかかる旅としいへど九州はわがむらぎもに雨ぞひびかふ

繭田のかすみの稚（をさ）なごころに清かりき号泣をしてなにに耐へしや

農によす雨のにほひの感傷の小都すぎてよごれはじめぬ

しほからきひるがれひかな聴きをれば肝(かん)を軸とし人体回る

肝葉をむしりていのち救ふとやなにをつかみてわが晴れゆかむ

雨かぜの春へといそぐ大村の旅舎のあしたの「折口信夫」

酒すこしふくみてはまた模写したりひぜんのくには窓ほそき露路

長崎へ頸せばまりてゆくみちに応答欲りてゐたりけるかな

さだまさし声かぎりなくすみゆくを七九年はるのながさき

側面を海にさらして曲りゆく朝のおもひのうみにひろがる

2　折々のうた

珈琲の沼にしづかにとけながら花のかたちの糖あるらしも

のどかにてわれの想ひの透らざるかかる夜半の塚本邦雄

佐太郎の『天眼』をよむ二三日まへ出遭ひたる蛇(くちなは)思ひて

歌ひとつ作りて立てばじやんけんをしてゐる母子なみだなき冬

メロウとふことばを使ふ、あはれわが感性をなだめなだめて

手にふれて花のつぼみの弾力のさびしかれどもすぐに忘れぬ

うつはにはナポレオン種の桜桃のなほ怖れなき模写ともおもふ

全身にかすかなるまたあらたなる恥ふゆるかな Status quo（スターッス・クオ）

かなたには傘を片手にくいくいと上向いてゆく運のいい奴

あかつきにするどく虫の死を夢む羽立てて寄るうからとやから

若きらはきらきら車遊びせりふりかへりてはむなしきみどり

身みづからほそくわかちて夕空へ放てるごとき冬木々あるも

ユートピア夕景・補遺

はじめはしずかに唄うのもよい。

甘美とふことばのそとに吊るされてふたたび人を愛しはじめぬ

噂によれば、歌は美の冒険であって、作品ではない。

木を限る窓は夕ぐれゆっくりと撓(たわ)む交響楽におされて

自我と世界との取引きだという人もいる。

諫死とふことばを持ちて日の出づる前の大地を聴きゐたりける

自然への郵便料着払いの手紙！

盥ひとつ庭に据ゑたる夏の夜のまだ憎み足りぬといふか

そんな高尚な行為かよ。

あたりさはりなき文面にととのへて東へあたまを向けて眠れる

しばらく黙って見ていよう。

突端を闇へ流してしばし居つ隊商の絹(きぬ)死へ行くけはひ

昨夜パンセをよむも、おやみにさびしい。

黄金の果実はさむき横顔の人にまじりて下枝（しづえ）摘めつ

愛の記号が逆流してくるだけだ。

甘美とふことばもちひて評価せりなべさめ合へるあはれ日本人

ハーバート・ノーマン全集に挟んで置く。

欲望はさざらぎ沿ひに浮きながらふただび人と遊びはじめぬ

ほとんど絶対に、人を救えないと思った。

帆ばしらの斜線けぶれる夕暮ややややふとりめの妻を率(ゐ)て来(こ)よ

女のうらがえる夕ぐれ。

蟬として一文明の秋を啼く此のオーシーツクツクのあはれさ

では、単なる古典との野合?

ひしひしとあつまる舟を纏(ま)く波のやうやくあらくなりにけるかも

これは逆説ではなく!

われら生きからうじてわれも生くべくは此の国土(くにつち)を愛しはじめぬ

もっとも、法というやつはいやだなあ。

童子、熱くだる迅さやその父の次元大介ふうのあごひげ

スーパーマーケット風の詩歌ばかり、売れる。

物はゆたかに揺れてこころを埋むとか恥ぢながら嚙む物質かなし

もう、記号が掌で仁義きってる。

われら此のうつくしき夏夕ぐれのみどりのなかの耳たぶの傷

ユートピアンの厨房では、

おもふだにいらだたしもよ函（はこ）ながらくさりてゐたるみかんの匂ひ

仕事を、労働といいかえてみても、

俺らしくないと思（も）ひつつ着続けし藍のＴシャツは樹に干されけむ

<塩の味たたへて肉を噛みゐたれ肉にしみつつしづかに塩は。>

湯のあとを胡瓜かじれる童子ありひたすらにあの緑を噛むも

過去へ実例を抽きに行く。

かの朝の庭にみなぎりたりし色（いろ）捨て去るときは踏舞して捨つ

別に、結語というわけじゃないけど。

風神にあらがふ枝は濃くなりぬふたたび人もわれもかなしも

伝言集

1　石田比呂志に

君もわれも牙おとろふる年齢にさしかかりつつしかもたたかふ

ふぐ鍋の湯気のむかうにうつむきしその表情を見逃すなゆめ

2　故野場鑛太郎に

同郷故に親しと思ふことなしと小気味よき言葉吾もしか思ふ

君に触れて幾度われは書きにけむ常に否定的実例として

死ぬ前に再びの会逢髪の鬼に逢ひしと誰に告ぐべき

気恥かしき昔の歌を暗んじて長き電話はさらに続けり

アララギにルーツをたどる繋りも君を最後の夕映として

3　今西久穂に

寂かなる夏青空を雲は行きせつぱつまれば捨つ〈文学〉を

夏の夜のジャズこそよけれ家族(うから)らは白きをまとふわれはみどりを

今にして思へば東区主税町われよりもきみあるいは無頼

名古屋『未来』は岡井隆をうけ入れずその否(いな)ゆゑにわれは清しむ

黄金のニーチェ全集一冊を久しく借りて読まず返しき

くらきくらき淵をたたへて生きたりと湖(うみ)の渚に読みて泪す

穂草みな西日に影のふかきとき若さといふは「演技が真実（まこと）」

人生の視える場所

1　春の老人

わたしの友人の画家とわたしと〈わたくし〉と三人でアレキサンドラン打ちの遊戯をしたことがあったが結果ははじめから見えていた。

自転車のペダルに右足をかけてゐる女友達はいづくへ行くか

〈わたくし〉は大敗わたしは大杯を手にして大笑友人は漁夫になりそこねた。

呻吟にちかき日常を染めながら義眼のやうな花の群咲き（むらざき）

常日ごろ寂かなる天（そら）もあらなくに命運を吊る糸のごとき雨

ああ嘆くな石道をゆくわが影の檜の木のゆらぐ影と溶け合ふまで

父が死んで五十日がすぎて梅雨雲、地を圧するころ。

やみがたき力によりてみのりたる黄熟の実を売りてゐたりき

八十になる老父（おいちち）はひとりして歳晩すぐしたれど清（すが）しも

日に日を継ぎ此のうたかたの飛ぶさまをあやふく端（はし）に立ちて見てゐる

苦しみは内なる熟（うれ）と想ふゆゑまた眸（まみ）ふせてまた爪（つめ）嚙んで

このふかき梅雨（つゆ）の谿間に人群れて死せる魂をたたへたるかな

運命はつひにわれらを超ゆるとは歪みて救ふ綱（つな）のごとしも

〈物〉といふ言葉こそ物（もの）　狂ひたる女はいくそたび〈物〉といふ

かげのある顔は、それだからいいのだろう。

小さなる無数の悪のはだら縞　ふかく生きむとすれば纏ふも

適度の敵意は人を爽快にすると芥川は言ったが。

頭（づ）を下げてパン提（さ）げて来（こ）しわれさへや尖（とが）るこころをもてあましをり

おのづから嘘を重ねて此処（ここ）に置く世のもろびとのなしたまふごと

箸立ての箸抜きながら塩尻のそば一椀になごみゐたりき

人生の視える場所なんてどこにもない。それはわかっている。

宙宇とふ銀の被殻のおもはるるからだよろこぶ束(つか)の間ののち

せめてその場所があると思って歩むのだ。

ありありと力落して此の月の後半になほ Duty つどふ

かかる時女(をみな)と寝るを好まずき麦は熟れ野は水に伏しつつ

まるで瓜の一片のように人生をくわえて立つ。

うしろから抱くときの乳　梅雨はまだ降りみ降らずみ子規(ほととぎす)過ぎ

家族らもいつのまにか向う側へ行ってしまった。

朝と夕(よひ)おもてと裏地あきらけくそのたびにわが動悸息衝(いきづき)

ひるがへりひるがへりつつ重(かさ)ねたる春のからだの鎮(しづ)まるらしも

すみやかにわがかたはらをすりぬけて遠さかりゆく春の老人(おいびと)

この世の事物であった父はよく乾いた一枚の肉となって命終を迎えた。

国あげて飢餓を怖れしかのころにいきほひたりし生命(いのち)いま終(を)ふ

やさしみてわれは思へど否（いな）みつつしかも容れつつ人のこころは

女（をみな）とは幾重（いくへ）にも線条（すぢ）あつまりてまたしろがねの繭と思はむ

わたしは、どこにも帰属していない。ただ囁きの邦に繋っているだけだ。

幾重にも花をかさねてほろびゆくわがことかはた暗緑樹林

父の死の余響、水無月に及ぶ。

診療のかきみだされてある時とかなしさ霧らひつつあるときと

許すという一語は、よほど言いにくいらしい。

よのつねの夫婦（めをと）のごとくいさかへど虫啼く闇のふかまらむとす

〈十萬の常備軍あり国の春　　子規〉

子を連れてあゆむけもののはかなさや縞けざやかに夕べを行きぬ

北行一里、小さな店が運河沿いに眼をさました。

パン焼きあがるころを狙ひてわれは来つよみがへれ愛　苦き方（にがかた）より

〈残虐性は最も古い、そして無視することのできない文化の一底層である。
『この人を見よ』〉

しろがねのくるまをかりて街へゆく蟬羽のやうなネグリジェのため

父とは、つねに否定される存在か。

血圧を測りて帰る簡明なる往反にさへ親子といふは

埋み火や政争論のうらおもて。

汁にして根深を食へり亡き父に聞きそびれたるあまたあれども

亡きKさんに。

こまやかにうねりを打ちて夜半(よは)を啼く夏蟬は雌をともなはざらむ

ハニー・バンタムを嚙みながら、一国の防衛を論じている。できるの、本当に。

あまやかな踊りのごとくわれは見つ南から来て抜けてゆく雲

うわさが立って、腹が立って。

厨べを耐へよと言ひて立ちあがる淡（あは）くにごりて幾重にも皿（さら）

君はいま新任の技師、君はまた北へ去るひと、さらばの彼方（かなた）。

飯くひつつあぐらのうへに汁こぼす「歓談」といふ嫌ひなことば

又、Kさんに。

たへがたき嘆きの声もあらなくに死の淵源をさかのぼり言ふ

薄暑かな薄謝を直かにいただきぬ。

かにかくに一昔（ひとむかし）かも逃げのびてメロンをすすりあふぞさびしき

家族とは国家への論駁の一型式である。

十年（ととせ）すぎてかかる批評に遇（あ）はむとは夏草ふかく嘆きこもれる

早朝、剖検のため叩きおこされみずからの頬を打ちつつ出て行く。癌死の男子の屍、眼前にあり。

胆管に刃（は）のおよぶころ想ひ出づ「うひ山ふみ」の昨夜（きぞ）の一節

〈夏の雨きらりきらりと降りはじむ　　草城〉

頸椎を内よりひらき髄を見るあはれなる生やかくのごとき死や

　同時進行している仕事の間には相貌の類似がある、たとえ領域は異っていても。

ふたすぢの鰻を割きて食はむとすうとくなりゆく斎藤茂吉

　この町に棲んで六年、むらさきの愛恋遠くなりまさるころ。

うなぎは五、うち三びきは隣人に、村めいて来しひさしのかげり

　うすい血が流れ土間をあたらしくしている。

蒲焼に酒をたらして食ふのを至上の善といひし人はも

また或る夜、腹腔内出血は死因にかかわりありやと問う人を寂かに見かえしていた。

たのしみてもの書きゐたるかのころはかくも文芸を糧(かて)とせざりき

父と最後にたたかわしたのは尊皇、防衛の論。怪また奇。

雨ぐもの鬱(うつ)のふかさにものをおもふ大国の暈(かさ)富国の翳(かげり)

わが友の菱川善夫雪に立ちて運動すすめがたきを言へり。

序奏すでにスキャンダラスな歌手ながらのぼりつめたる声のはるけさ

もう一度、Kさんの霊に三首。

若くして君にまみえしさきはひも火群（ほむら）のごとくゆらぎつつあり

生蠣（なまかき）をすすりしばらく話したりうとまれはじめたりと知りつつ

男女（をとこをみな）はなにゆゑにかくもの暗くしかもたぬしき立ちても居ても

世界が在り、反世界があるというたわれ言（ごと）。

わが家（いへ）をふかく見おろす窓ありて趨（はし）る家族の髪蒼く見ゆ

3　信長が来た

万葉は雨に濡れ、古今は凍っていると言う人があった。それはどうかな、と首をかしげたら、

スラックス紅きはさまでよろこぶな今夜は千々にものおもふ故

婚にいたらぬ愛を濃緑のブロッコリイにたぐへてぞ恋ふ

もう相手はいびきをかいて眠ってる。

壁文字はまたサインペン流し書学生といふはつひに侘しも

急に万葉が泣きはじめた。夕闇の部屋を落ちていく涙を見ている。

大いなる椅子にむかへる子の椅子の朱の脚の張り　明日は晴れなむ

女衒みたいだと思いついたらおかしくて笑いがとまらない。少女はおどろいてわたしの顔を見ていた。

汲みやりし乳はかすかに波立てりはるけく生きて産むこともあらむ

父は「肝臓を叩け、この突出した黄色岬を叩け」と命じた。わたしは打った。

ふるさとをつらぬく水の淡きまでもろもろの欲を尽くしたまひつ

ヴァカンスのはじまりは鉄道にのってさやぎながら行く。

ゆるやかに気象の動く夕まぐれ何故(なぜ)父親として駄目なのか

海境(うなさか)の見えぬくぐもり嘆きつつ青き機関車に統(す)べられて来ぬ

いづくにも子ら白く親(おや)添ひ遊ぶ真夏の国をすぎて来にけり

亡き人とは旅をせず。

晩年をつね昏(くら)めたるわれと思ふしかもしづかに生きのびて来ぬ

遊びでは一致するがマジになるとくいちがう。

獅子(ライオン)の声をつくりてしばし居つ実にむなしき努力と思へ

三枝君に二首。

フェイントをかけ若きらと競（きそ）はなむ争はなむといふにもあらず

黒き蝶海に出でむとためらへり次なる書（ふみ）をわれは待ちつつ

みんなみんな古典へ行ってしまう日。

くもり日の荒海のへのふじつぼは巖々（いはほいはほ）にかわきつつあり

あわただしく体験が溶けていく。

こころやさしき昔ラガーの長身の最晩年の雨中の佇立

すべて剣（つるぎ）をとる者は剣にて亡ぶるなり。マタイ二六—五二

魚の血の鰓（えら）よりいでて流れたり外面（とのも）は今日も毛のごとき雨

あれから何年になるだろうだと、とぼけちゃいけない。雷雨の夜が明けて、

チェロ奏鳴すればあけぼの家居せし妊婦するどく息づきにけり

天（あめ）なるや雷（らい）にむかひて寂（しづ）かなる叛意かたむけゐたりけるかな

準空母ミンスク、ウラジヴォ港にひそんで久しい。

そこに来てゐる、はれそのそれが見えぬのかあはれ視えざれば双眼きよき

〈甚平といふうすものを好まずき〉

一日食ひて余(あま)しものを束ねたり炉の火はいましさかりなるべし

庇合(ひあはひ)をうづむる柿のこはき葉のいくそたび言ひきかせても駄目

「全仕事」っていう言葉も大きらい。

しづかなるゆふべの東(ひがし)肌あらき巨きいてふの並みよろふ見ゆ

おのづから悲嘆のときの過ぎたるを水割りをもて自祝せりける

信長が来た。切れ長の両眼視(りやうがんし)。右眼(うがん)は右岸かなしみの鵜匠をみつめ。

水桶(みづをけ)に磁器の蒼きが挿(さ)されつつ噫(ああ)いましがたもみだらなりしか

　左眼さかんなる山羊道(さんようどう)をはせ下る処女の心悸。放鷹は岐(わか)れて阜(おか)へ。

つきあたりてはけがれては抜けてゆく迷宮のごと一日は在(あ)りぬ

　桶(おけ)はさまってるつるべのしじま。今川かすめすぎて一気に分断。

雨は「わたくし」をきき入れ呉れしかばおのづからわれ濡れつつ行けり

　ところで、明智線のＳＬはいつ廃止になった？

このふかき雨の底ひにはずむ声やよ軍(いくさがみ)　神来るにやあらむ

4　口のゆがんだ肖像——下村槐太論の余白に

槐太（かいた）という水晶。小学校の鉱物の標本を想い出させる。貧しくきらきらしていた、うす暗がりに。ふと眼をあげると、

バスタオルゆたかに胸に纏（ま）きたるはカルダンの藍（あゐ）か見ぬふりをせむ

下村槐太、本名は太郎。明治四十三年大阪に生まれ昭和四十一年大阪に死す。代表作は〈つみふかき女人と梢（うれ）の雪を見し〉であろうか。否、彼の一生である。

女（をみな）とふ摩訶不可思議と一つ家（や）に棲みふりにつつあはれあはれあはれ

遠くあまき昼三日月（ひるみかづき）を児（こ）にをしへをり女らに叱られて来て

負(ま)け腹(はら)立てるでない。座敷では金(かね)のはなしがはじまっていて、

夢に父をさげすみ居しを目ざめては、またゆがみつつ考へ流る

青空は家のうへにも拡がるか忘れはつればたのしからむに

彼は生計のため鉄筆をとった。おそらく厨房には立たなかったに違いない。

反転に移る一瞬あまぐもの断(き)れ目のごとくシャツの端(はし)見ゆ

九月十九日、怪しき夢に父を見る。

へちま忌を啼く法師蟬大いなる債のこしつつ死ぬこともあらむ

はからざりける一つにて死後に知る所有欲とふ地軸のふかさ

夢にたつ昔の女友達の彼女は勁(つよ)しわらひつつ去る

槐太の凄味は、本当に貧乏だったことだ。〈何もなく酢牛蒡に来し日のひかり〉にしたって背景に貧の板塀があって光る。

自分には〈攻め〉の文芸しかあらぬ今せまく差す河口の潮(うしほ)

マイナーであり続けることの愉しさ。

足ばやに湯をあがり来て書きとどむ汗まみれなる言(こと)の葉(は)ひとつ

〈夜の霜幾とせ蕎麦をすすらざる〉と誦して、ほとんど泣きたくなる。

すさまじき厨(くりや)の夕日机上には双眸(さうぼう)ほそめつつある槐太

貧に居て富貴と釣合うのが俳諧なら、上質の物に飽いて貧をてらうのが月並調か。さわれ、歌よみも又、肥えたソクラテスばっかし。

薬湯(やくたう)を褐(かち)に煮つめて居たりける浅宵にしてきらり言(パロール)

写真(うつしゑ)は口角(こうかく)あはく笑(ゑ)みながらわが歳月を見おろしてゐつ

槐太で身にしみるのは弟子を捨てたことだ。師を捨てるは、あるいは易い。誰しも一度や二度はそうしている。しかし、弟子を捨てるとは……。

左肩(ひだりかた)より転(まろ)ぶのをはげましてわが父もこの病(やまひ)にて亡(な)き

弟子を捨て句を去って十二年、彼は再起する。しかも無季自由律として。
そのこころ根はいたい程わかる。わたしも又十年前、年少の友人を捨てたことがある。

朝々の卵料理のかなしさは塩うすくしておもふちちはは

いますぐに文学やめむたぬしかるべしとおもへどままならなくに

岡井隆が歌人でもあるゆゑよしをたれにむかひて言ふ用やある

槐太は「天狼」入会を拒否されたという。ある意味で誓子の炯眼といえる。
〈心中に師なく弟子なくかすみけり　槐太〉とは言わずもがな。

日和さだまるころを噂はながれつつはらわた疾みて家居せりける

昼とざす雨戸あかるく日あたれりそこも単身赴任者の庭

いまごろ、残暑というのも何だが、

扇風機片手提げして北へ来ぬ浪吉に読む弟子のかなしさ

「この過去の七年、我が為には一種の牢獄にてありしなり。」（三日幻境）

極刑のくだるまでなほさまざまの水火を経へめと思ひたるのみ

〈ぬくめしをたべてわするる寝冷かな〉に脱帽。

馬面を賜はりしなり痴愚神の愛を鐘あつめて生ひたちしかば

報道する人たちを見つつ、

髪刈りて駅ビルに居つアラファトの髭（ひげ）ホメイニの髭こそ力（ちから）

寂かなる邦に寂かなる遊びして芝目を読むとしやがみゐたりき

最後に〈わが死後に無花果を食ふ男ゐて〉といふのは彼の嫉妬だろうか。

顔の上までかかむりて眠るべし後世といふ驢馬（ろば）のいななき

5　青空——G・マーラーのためのブリコラージュ

「大地」からひびきはじめて、「巨人（タイタン）」へふかまり行くかこの鬱屈は。

自転車を入れゐる音すやまひある旋律ながれ日は没（い）りしかな

本当だろうか、酒席で四五人の医師がマーラーをあげつらってた。あの薄い絹布を重ねた音楽が医師のこころを癒してたとは！

寂けさの帷子雪（かたびらゆき）は恩寵のくまなきがごと肩にかひなに

東大寺戒壇院へ曲りゆく秋晴れにアダヂオは似合う。

すこしづつサラドの華の冷えて行くかかる時代（ときよ）に詩に繫がりつ

ウィーンの秋知らざればぎんなんの落ちひろがれる寂し東方（ひむがし）

グスタフ・マーラー。万延元年生まれ、明治四十四年死没。大正某年日本に飛来。

またひとつ純銀の楽（がく）、顔よせて「兄貴、そいつぁ無いぜ」ささやく

愕然としてアルマ・マーラーの写真を見ていた。二十三歳で十九年上のグスタフと結婚している。

流行のさきへさきへとまはり込む風俗たのし染まりか行かむ

ユダヤである出自が何故深いのか、ついにわたしには理解できない。さわ

れ、一群の旋頭歌を捧げよう、彼と彼女に。

アマデウス・ヴォルフガングの朝はもういい、筋（すぢ）しろき肉こそはわが苦難のはじめ。

さびしらに常緑樹照るひるつかたかな、流行にすこしおくるる夕ぐれごころ。

今日の旅みじかけれども谿（たに）に終れば、紅葉の全奏（ツッティ）をもて迎へられたる。

マーラー死後、この美貌の才媛は独歩する。画家から建築家、そして詩人と。さながら二十世紀芸術と同棲し続けたのだ。

妹（いもうと）の生（あ）れたりしことわが生に禾（のぎ）のごときを加へたりしや

マーラーがフロイトの診察室を訪れたことはよく知られている。交響曲の芯を、幼時体験の鋏がはたして存分に剖(ひら)いただろうか。

医師として蔑(なみ)されゐるといふならずうすくらがりを救はむとすも

颱風の行方をかくもおそれつつはたらくときに生き生きと見ゆ

昏々として終りたる人体をやさしき楽はつつみて流る

「音楽素材はありきたりであるが、演じ方は壮大なのだ」（アドルノ）

核(コア)を出(い)でて外(そと)へはてりてゆくこころうからと海に砂(すな)あそびして

公孫樹黄落のときに会うのも七度目。

木の股（また）のつぎつぎたかくなりゆきて木末（こぬれ）を動くあまつくぐもり

湖（うみ）のへの闇にあそびし眼（め）をもどす逢ひたくはなし逢はねばならぬ

海神（わたつみ）の髯（ひげ）のさきなる一つ島ひねもすあそびたのしかりしか

九人姉妹の末娘が薬のんだ。「みいさんのことがあって……」と母親は救急車のそばで声をつまらす。

盤石（ばんじやく）のごとき批判に耐へながら未通の皮膚のすき透るまで

マーラーには難解さはない。すぐあとをシェーンベルクが追っているので、一そう、そう思える。

老ばかり目に立つ旅の奈良すぎて京へ、気象の声は打ち合ふ

むらさきの古代の人はおとろへていかにあゆみしこの山越(やまごえ)を

マーラーの作曲は、むろん、余技だったわけではない。しかし、オペラの指揮者としての多忙は、彼の分裂気質を助長しただろうことは、まちがいない。

なため向く写真(うつしゑ)ばかり夫(つま)よりも大き女とより添ふあはれ

父逝きて半歳がすぎた。

われにいま知(ち)がよろこびと言ひさして口閉ざしたりマチ二つくりつつ

チェロひきて大学街にこもりたる若き憂(うれひ)を言ひ伝へたり

マーラー生誕百年祭は、東洋の首都にもおこなわれた。六十年安保闘争である。すなわち旋頭体を三つ。

わが炎(も)ゆるからだに向けば鏡を見れば、しらじらと胸をくだれるあまつ露霜。

どの女(ひと)もわがあやふさを知らぬ顔して、両端の乾(ひ)ぞりたる戸に釘うたむとす。

ところで、マーラーの一生のあひだに、子規正岡常規は生まれ、そして、死んでいる。

暗い眸(まみ)黒いシャツ気に入つてあつめて、降る音のやさぐれ時雨(しぐれ)いたしかたなく。

6

贊――実に心は熱すれども肉体よわきなり（マルコ伝）

このごろ歌集に栞のつくのが多いがありゃなんだろうね。つまり自信がないのさ、ひとりだけで出発する。なんて言いながら二三日前友人のために書いた雑文おもいだしてた。あ痛！

うしみつにちかきころほひつそりと柚子湯をいでて来しを抱き寄せ

〈あめつちの闇の裾なる焚火かな　　草城〉

しぐれ野に分け入る「こだま」きらめきて加納光於の絵に逢ひに行く

観るためにのぼり来しかばあかあかと波うつ彩のわれを裹みつ

しぐるるや画集を雲のごとく抱き復(ま)た惹かれゆく線のたしかさ

夕ぐれの「こだま」の鼻は濡れゐたりあまつさへわが帰路のさびしさ

一筋の道なんてない。猥雑な広場が、時分の花で飾られているだけだ。

神田の一隅(いちぐう)にゐて神をおもふ軽(かろ)くはなやぎて世紀終らむ

「いかに多くの国がわれわれを知らずにいることだろう」（パスカル）。交戦権論者に、この一行を。

這ひあがり来しわたくしを今一度奈落へ蹴りてたのしかりけむ

音もなくすり寄つて来てずぶとやる女(をみな)は言葉たのしかりけむ

広島やあはきひかりに目ざめては流浪はわれをはぐくみにけむ

おまえは貧しいんだよと言いきかせていた。おまえは貧しいんだよ、おまえの邦と同じくらい。

臨床のひまにひらけばG・クリムト黄金(きん)の接吻の足折る女

しばらくはよろこびしかど感官はよろこびにさへ濃淡あるを

生のただなかでわれわれは死に抱かれている……これがグスタフ・マーラーの口癖だったと、死後に、その妻は語った。ちょっと文学的すぎらあね。

いや、さうだよ過ぐればなべてうつくしく広き額(ひたひ)に眼鏡(めがね)押し上げ

シェーンベルクの折紙にもかかわらず第九は好きでない。おのれの晩年を

「作りそこねた」一人ではないか、マーラーは。

かの人の口真似をしてからうじてここまでは来つ効(き)けアスピリン

人生、っていうような粗い名称を脱ごうじゃないか。

今か抜く今か出るかとみてゐしにおくれそめたりマラソンの人

複製がもう一つの美を作ったというのは嘘だ。もっとも、美しい嘘にはちがいないのだが。

源(みなもと)をもつかなしみと思はずきくちびる嚙みて母ありしかど

また夢にたつたらちねはおろかなる弁疎(いひわけ)をして天にかへりぬ

展覧会というあの型式。一枚のタブロオを見終つて蟹(かに)のように横移動するスノッブたち。大へんだなあ、観られるのも。ところで、マラソンだが。ハーフ終つてあがつて来たクラブハウスで観たのだ。

ならびつつ走る二人にあつまりし視線の束は今し解かれつ

中村正義展。入口でカタログを買う。いつもながら複雑な体験だ。すぐそこに本物があり、似て非なるこれは、なんの遺品？　しかし、欲しいには欲しい。

掌(て)のうちに包みて啜(すす)るコーヒーの朝さしあたり迫(せま)る声なく

絵画ほど所有欲を刺戟する芸術はない。絵盗人が横行するのも、もつともだ。

与へ来し指示を気にして冬空にトライスターの浮きあがるまで

一冊の詩集をもちて湯へくだる退屈といふ魔を殺すため

クリンガー展も観ざりきひきかへす先（さき）がたのしといふにあらねど

腰に手をあてがひて立ちはだかれる女の前におどおどとして

昭和萬葉集は終った、編みあげる縄は終った。書く人は、つねに編む人のあとに残るのである。

「一すぢの水一すぢの雁の声」われ今ゆのち雁にしたがふ

しんしんと夢みる人のはつかりのはつかに子規の髯（ひげ）の顔浮き

学芸会場の熱気をはなれて街川のほとりを歩く。鷺が立つ、わたしを怖れて。わたしはこんなにやさしいのに。

病みながらわれにすがれるここだくの鴫沢上（さはかみ）に啼きつつあはれ

7　噂の大魚

1

福岡県遠賀郡手斧村にさらりと棲みついたあの年の初冬、虚（きよ）という大魚のうわさを聞いた。黄昏、一瞬蒼ざめんばかりの人をはげまして、

わたつみのいろこの宮に通（かよ）ふべく眼前（まなさき）のみちふかく濡れたる

ところがその道を路肩一ぱいきしませて夜目にも紅いバスが走る。猛然と震ふ座席に居て「虚には希（き）という伴侶がある」ともきいた。

海峡をわたりか来（く）らむわにざめの鰭（ひれ）のさびしさは愛のさびしさ

2

このごろは身辺めつぽうざわめいて来て、

夜をこめてしぼるごとくに産（う）みし歌こてこてに批評されつくしたり

といつたあんばいなので即ち、

虚と希といふ二尾の大魚の彩（いろ）どりし夢は日常へ跨（また）ぐことなし

3

Ｋ大附属海洋生物研究所水族館は玄海灘沿岸金咲港にある。例の赤色バスはここの曲りで海に激突するためしぶしぶ終着するが、話はバスになく水族館だ、やっぱり。

病ひある魚(うろくづ)ばかりあつめたる水槽を抱く生くるに飽(あ)いて

なまぐさき土地売却のいきさつの水の館(やかた)を出でて嘆かふ

虚が行きて希が追ふあはれ交合はかくのごとくに荒くつかのま

4

マックス・クリンガーのエッチング「誘惑」を見たときはおどろいた。希と虚は豚面の奇魚に画かれ希にエバが乗りアダムは虚にまたがりふたりは抱擁し性器は覆われているがむろん彼らは海面下に堕ちている。それを巨大なでで虫が海底から見上げているのだ。

山ごしの風にまじりて淡雪の飛びかふときに愛は償（つぐ）なふ

指の尖（さき）までかなしみしあけぼのを一枚の絵のごとくに蔵（しま）ふ

あかがねの漁婦きたりけりまぼろしの大魚はうみに仔（こ）をなせしとぞ

8　一月五日のためのコンポジション

信濃へは歳末行った。松本駅で鰻に地酒。いきが荒く、いやに苦しい。

蒼穹(おほぞら)は蜜(みつ)かたむけてゐたりけり時こそはわがしづけき伴侶

草色の聖地を雪山が守っている、あのプロバンスをおれは好いている。それにしても、ひどい風邪だ。

淡雪のやうなる痰が暫し出て憶ひ出はみな暗みはじめつ

木末のみ日のあたりたる林見えいま狂熱の音楽欲しも

長野県に奉職しようと思ったことがある。県庁のKを訪ねて小一時間も話したろうか。いい夢は大てい、山のむこうへ消えるのだ。

昼をゆく電車なればか山いでて奔（はし）れる水のしばらく暗き

送って来た女は、ちらっと笑ったようであった。

かくのごとおのれ殺して生き来しを二つの顔の間（あひだ）雪降る

襟立ててうつむく女（ひと）よ朝市に青く小さき橇（そり）を購（か）ふべし

塩尻をたちて湖岸を上るまでみなみへふかく垂（た）れて走れる

わたしは、いつも、あのループのような迂回がたのしかった。むろん鉄路は、峠を避けているだけなのだが。

ま直ぐなる梢そろへてわれを待つこごしき国の見えそめにけり

〈ちちのみの父いまさざる故郷(ふるさと)を遠思(とほおも)ひつつ船出(ふなで)せりけむ　赤彦〉

幼童とおのが老いたる父母(ちちはは)とそのはざまにて古語引き居らむ

一月五日、たれも忘れてしまっている誕生日。それがうれしくってね。四十すぎれば、祝電も呪電にちかくなるよ、まったく。それにしても、亡父は律儀だったな、とおもい出していた、あの電話の声を。

引き具して行きゆくときのうからららのあからひくまで蹤(つ)きくるものを

歳末、城を見ながら、モノレールにのる。

童子らの言葉爆(は)ぜつつ行くときにすれちがひたり葱を負ふ人

誰も居ぬ真冬の部屋の地球儀はアフリカにいまあはき陽(ひ)が差し

ヤッケ着て青年ことば醜(みにく)かりけがされて行くふかき信州

その日のための〈冬の旅〉だったかも知れない。

金柑を煮るかたはらに長きかな逝く年のメモ捨ててちぎりて

迷ひてはとり除き置く束のなか死にたる父の手蹟(て)は固きかな

年が明ければ、どっと、老人(おいびと)たちが病棟にあふれる。

たくし上げたくし上げして老人(おいびと)のあつき殻(から)脱ぐまでを見守る

戸の外を流るる音のしろがねの気配のごとく寒さ来て居り

だんだんと西側から中央線沿いに東京へ近づくのは十年ぶりか。

胸を衝く場面ばかりがなだれつつ甲州の山「あずさ」ただに過ぐ

マッキントッシュ風の椅子には女居てきらり一瞬死へ足垂れて

約束の午後ありしかないくたびか縁こえて寄る思ひは言はず

こまかなる枝も信濃とおもふとき感冒の声われをよびとむ

朝、獅子と犬とが一室にいる夢をみる。イエスのメシヤ意識について弁論した余波であろうか。わが「あずさ」こみ合いて席がない。

一枚の田は一枚の雪原の谷のぼり行く次第にせまく

日のさせばそこはかとなき青空も巻きたる雲もいのちとぞ思ふ

天竜のみなもとちかき流れさへまたたくひまにこえしひるすぎ

床は銀の間に敷いてあった。わたしは女の手をとって光からかげへ落ちていく。異様なまでの胸の小ささ。男かとみだれたが。東南の空に、黒い雲がよこたわっている。遠い女雲よ。

茫然となにするとなく立つたればかゆきところのふえはじめつつ

過ぎてゆく川は鋼（はがね）の雪水の「笛吹川」とかすかに読みぬ

あはあはと笑ふ批評をわらふ声とてもやはらかな拒否（ノン）に会ふまで

9　如月に捧ぐ

1　軍

空気銀緑にしていと冷き／五月の薄暮ぎやまんの、と唄ったのは杢太郎太田正雄だが、二月の空気ベージュ色それにいささか紅（くれない）の、とはわが独断。

南天（みんなみ）にオリオンの斜（しゃ）の一すぢのわが浅宵（あさよひ）の道に射（さ）したり

とはいえ〈車輪まはせば風輪もりんりんりんとなりさわぐ〉てな具合には兵制は復（かえ）らないと思うよ。

かつてわが軍の占めたる権勢の忘れよとしも言ふにやあらむ

少年のわたしに、立派な軍人の記憶はない。ただし、兵士は別だ。

宵こそは立春の日の濃紺なれ聴診をしてかへり来たれり

やさしい兵たちよ。彼らの多くは——死んだ。

衛(まも)るといひ攻むるとぞいへその微差の花の傾(かし)ぎのあはれあやふさ

〈おほつぶの寒卵おく襤褸の上〉蛇笏

如月(きさらぎ)の雨に打たるる集団のまがまがしさやなかんづく軍(ぐん)

2 人事

ある人の事にかかはりとりがなく東の国に出でて飯食ふ。と申せば即ち

若くして側近に居しともがらも芹摘みに行き讒にあひつる

などと言って泣くんで弱るんだなあ

いつも君は人を介して言ひよこす直にし聴かむ霜の言の葉

〈周粟を食むな瀕死の雨期ながら歌人のこころ一つまた見ゆ〉亘

喘鳴のたへがたきまで聞こえくるあけぼのにみる夢のするどさ

3　グスタフ・クリムト賛

故国オーストリイを逐われイギリスへ渡った民族学者が言った「ココシュカの画の方がうんといいのにクリムトばかり流行(はや)る」と。

君の画く妊婦(はらみをんな)はまなざしのあをあをと冴え搬(はこ)ぶがごとし

しかし、この素描の飛び交うサタニックなそそのかしはいいぜよ、と観つつおもえば、

わが友の塚本邦雄一語もて批評し去れり、肥後昼つかた

キュービック・パズルを売る声をくぐって百貨店が何故春の画廊なのさなんていぶかっていると、雨か雪か、はらり、ひら、はら降り交(か)って、

押し伏せてし終(お)ほすまでの一切がいくたびとなく熱く来たりつ

枕辺に辞書のたぐい数冊。

あはあはと女に触れてをりたるに若(じゃく)は若(にゃく)また若(も)しもあるいは

寒中に顕(た)つ夏のイメージ。

射干(しゃが)の花人なき庭に濡れゐたりよこたはりたる裸婦図といづれ

実に、この二月の胚胎する水の行方にこそ、父の死が在ったのだ。

凍星(いてぼし)のひとつにふかく射られたるたましひはまた阿諛(あゆ)をよろこぶ

体系を嫌って流動するところを見れば〈わたしは水だ〉と言い切るのも華。
や、や、小笠原島にメグロって鳥が居るんだって！

荒闇といふはかかるかふきちぎれゆく妄想のかぎりなき夜（よ）の

建礼門院右京太夫って、いかなるおばさまか知らないけど、ふくる夜のねざめさびしき袖のうへを、ってよむわな。音にもぬらす春の雨かな。たまに上京するときまって雨。傘がない　井上陽水、って気分。

弱酸（じゃくさん）ののどをくだりてこころよきクリムトを経てシーレをぞ恋ふ

4　芹を摘む

〈籠（かご）ながら根芹（ねぜり）をさらす流（ながれ）哉〉の古句に、忽ち豊前の国は小倉在の山間の芹摘みを想い出した。古賀さんの顔がぬっと出てくる。

夕まぐれ油（あぶら）を移しつつ思ふあぶらの満ちてゆくはたのしゑ

能登鰤の身をほぐしつつ思ふかな晒刑に遭ひて斬にあはぬを

寒鴨のうなじを折りて届けられたるはいかなる神の賜物。

むらさきの代案ひとつ葬むらむとす乱れ咲く寒の水仙

これだよ、大事なのは。

はなやかに笑まふ力士をたまきはるこころの底ゆ嫉むことなし

十両に落ちたるのちを平凡に惑溺したる彼れこそよけれ

〈芹の香や摘あらしたる道の泥〉のレアリテもわるくない。

5　トライアングル

レヴィ＝ストロースは料理の三角形を説きわたしは詩法のトライアングルを唱えたが人々は静かに笑った。

つきまとひたる泣き声を説きふせてわけのわからぬ疾患ひとつ

再びクリムトだが、わたしは彼の金色が見たかったのだ。しかるにポスターに一つあったきり。帰宅すれば

夜半に立つ剖検室の此の老（おい）をなぎたふしたる寒気の動き

というような仕事が節分の夜を占拠している。若い同僚の略語ずくめの学理は、このごろとみにわからなくなって来た。たまたま郷里の県がわが文業に賞をくれるという噂。

ふるさととよぶ絨毛（じゅうもう）をいつのころよりぞ拒（こば）まずなりにけらしな

父の妻すなはちははそはの母は軍人の居る世を好まずき。

車内楽絃(げん)を競(きそ)へどさびしさびし人はわがことを歌人(うたびと)とよぶ

10　古代遠望集

1　うたのはしがき

大函（おほばこ）のごとき世界に勝ちがたきたたかひ触（ふ）れて朝光（あさかげ）は来つ

イラストが抜いてある
色が消してある
背景が除いてある
自立せい　と声をかけたら
くわっとうずくまってしまった

なかんづく背のたくましき童児かな妣（はは）が国（くに）まで晴るるこの夜を

昆虫愛にはふしぎな彩(あや)があって性的な屈撓を代償していないとはいえない

習俗へ来て鋭角にとび交(か)へるかずかぎりなき蜂を見てゐる

2　鹿の調べに寄せて

鹿(しし)の伝承が集まって来て居る　一枚の布に噂のながれよる朝のように　風土記の鹿は　腸(はらわた)に春の穀神みなぎらいつつ死んで来る　巻十六棹尾(とうび)の鹿は反吐(へど)はいて嘆いて来るあれも来これも来るが　さしあたり書紀仁徳帝のひたすら啼くさ男鹿に集中するのである

五月十五日は父の誕生の倒れし薔薇(ばら)を抱きおこしたり

頼信紙かかへこみつつ苦吟また苦吟父とは文字のたたかひ

山越しに〈見えぬもの〉の栄（はえ）を掲げて来るあんなにも若い筋骨を見るので
ある　読みのはるけさにいっそ原文は乾き訳文またすこぶる痒いのだが
そこはそれ我慢ｻﾞ我慢　〈秋七月（ふみづき）夜な夜な菟餓野（とがの）より鹿（か）の鳴（ね）きこゆること
あり。その声さやかにして悲し。月尽（つごもり）にいたりて、鹿（か）の鳴（ね）きこえず。ここ
に天皇、皇后に語りて『こよひに当りて鹿鳴かずそれ何に由りてならむ』
とのたまふ。明日（くるつひ）……〉っていうんだね

くるつ日のしきりに狂ふ時の尖（さき）に朝のスープはつゆあまさざれ

って、ね。

祖父の死を知ることぞなき児（こ）が二人五月（さつき）の鯉の夕凪（な）ぎにして

スニーカー裏みゆるまで足を組む若きさへづりのいつか止（や）みなむ

クルツヒと訓(よ)みし古代はあけぼのの韻(ゐん)のうごきの微差に賭(か)けつつ

〈……猪名(ゐな)の県(あがた)の佐伯部(さへきべ)の、苞苴(おほにへ)たてまつれり。すめらみこと、膳夫(かしはで)に
令(のりごと)して問ひたまはく『かの苞苴(まゐもの)はなにものかね』と。対(こた)へて『牡鹿(しか)な
り』とまうす。〉古代マガジンをよむに伝承を内へと剝いでいくのは無論
無類に有効、だが、一語彙一語義にあつめる試射のはげしさも捨てがたく
谿(たに)を広くするのですなわち

苞苴(おほにへ)はアブラガヤまた麻(アサ)の葉のつつまむとするあざらしき嘘偽(うそ)

〈……問ひたまはく、『何処(いづこ)の鹿』と。『菟餓野(とがの)のなり』とまうす。時に天
皇、此の苞苴(つつみ)はかならずかの鳴きし鹿ならむとおもほす。〉つてあたりの
水深をあなどってはならない　テラスに涼をとっていた帝と后はなぜ鹿の
鳴(ね)をかなしいと聞いたか　撃たれた鹿はなぜかくもすみやかに帝のもとへ
もたらされたか

まのあたり男をなじる女神(をみながみ)みなみから来(こ)しあらしのなごり

とはいえ磐之媛はもうこの時点で亡い　かんあがりましている　嫉視する
どい祝女の後裔は帝とかずかずの対唱をうたいのこして世を去った　と紀
の記者は創るわけである　生前磐根をまいて死のうとまで言った当面の敵
八田皇女こそにこやかにいまテラスに暑を避けて鹿の鳴をきいている
〈われこのごろもの思ひつつあるに鹿の声をききて慰む。〉とは五世紀末
のなんの憂愁〈いま佐伯部の鹿を獲れる日夜および山野をおしはかるに〉
すなわち奴だったのだこの苴の中身は

苴として来るや小鴨のうちうみの海面のやみに罪ふかくして

朝がたの聞きのがしたるメロディアの粟ふつふつと夜半のこめかみ

仁徳帝佐伯部を恨み〈みやこに近けむことを欲せじ〉とたちまち広島在へ
移住させてしまうのだがいよいよあやしい　と立ち上れば

まぼろしを煮る大鍋は夕空に在りつつもとな冴ゆるさんご樹

帝王の恋をつたへてかくばかり暗き喩(たとへ)は北よりぞ来し

3　女神盗看

わたしたちの手がなにげなく振りおろされるその迅さには相当のものがあり　もしも手(て)の行方に刃(は)があったらと汗ばむことがある　なにげなく繰り出した言葉が人を切ったり叩いたりする景色があり　もしも氷結したこころを叩いたら　一瞬言葉の慣性の大きさを激痛のうちに知らされることであろう

眼前に苦しむ人を見据うるはかぎろひ炎(も)ゆる妻が家(いへ)のあたり

たうたうと水を受けゐる水桶の耳いたきまでつどふ噂(うはさ)は

こう唱い終ったところ　いま織った春の服をすらり　着おろして立ってみせたりする女神一匹ふすまのかげからぬすみ視している

11 遊戯人（ホモ・ルーデンス）の憂愁

サターンと将棋をさすようなものだ、作品を作るとは。

人嬬（ひとづま）のみなうつくしき春さきの街あるきかもつのぐめや蘆（あし）

歓楽（よろこび）の終（はて）に憂（うれへ）あり（箴言十四―十三）ともかぎらないさと軽くいなして、

濃厚のスープより顔あげし時「温暖の故（ゆゑ）思想は枯（か）るれ」

大硝子（ガラス）窓をとほりてあつき日のメヅサの額（ぬか）にしばし注ぎつ

〈メヅサの頭〉とは肝硬変症の腹壁静脈の蛇行をいう西欧の喩。首のばす鵜に似て、

首のべて鵜の行く海をよろこびぬあはれ遊戯(いうげ)のいただきぞ今

〈私たちが歓楽を知る時、それは既に峠を越している——しかし、悲哀は、その時に漸く峠に達する〉（ジムメル）まったく人間変らないなあ、芭蕉の鵜舟じゃないか。

天心に一羽の赤き鷲を飼ふ海軟風に乗れやわが鳥

二月十五日伊良湖、曇天へかたむく。

洋凧をかはるがはるに掲(かか)げつつなほやすらがね海の辺(べ)なれば

蛇は真黒な鶏(とり)を呑んでいた。

あづさゆみ春へ向ひてさんざめく毛物ぞ服を着(つ)けて歩めり

あるディメンジョンを設定して陣とりをするのが《作品》である。妙な夢。

朝餉(あさいひ)のそのさなかにて電(でん)をもてわれを刺したり　かなたなる死は

〈草の葉に歯をあてて恋ふる遠き母胸にかげりて雲通りたり〉国一

街にいでてブーツの黒を購(か)はむとす昏倒をして死にゐしは他者

〈火のつきの迅くなりたる女かな〉

水の下に色はうごきて遊べどもときに緋鯉の照らされて出づ

二月廿一日。動物園、疾風裡。

黄色のけものに檻のかげ移るところぞ見えて掌のカフェ・オオ・レ

〈一九一四年におけるヨーロッパの民衆の大多数は、ほとんど半世紀にわたる平和の後でおよそ戦争を知らず、ほとんど戦争のことを考えたこともなかった。戦争は一つの伝説であり、それがまさしく遠くにあることが、戦争を英雄的でロマンティクなものにしたのである。〉（ステファン・ツヴァイク）

昼の庭は気流の泡のたえ間なく立ちながらまたばさとひよどり

「古代の戦争の競技性」について『ホモ・ルーデンス』の著者に問いかえす必要はないであろう。

おのれみづからに酔ひつつ亡き父の語尾あいたいと崩るるきこゆ

二月廿一日、式の只中に鱏(えい)の泳ぎを想ひいだしつ。

雲殖(ふ)ゆる迅さや春にみまかりし父は闘争(アゴーン)をこのみたりしよ

十年、劇画に熱中していた。熱中は、ふりかえるときが忘れたいとき。

風俗の裾をあふりて性を画(か)く葉牡丹の襞(ひだ)あくまでも濃(こ)く

志が死んで歌が蘇る、そういうときもあるのだ。

取材して居りたる記者の不意にわが言葉を刈りて立ちあがりたり

墓下の父、などというものはいない。ただ人々の記憶のうちに休息しているだけだ。

喪主として五月の雨の木末まで声はしらせし夜ありしこと

引き出され来し白骨はなほいまだ焰短くあげし時の間（ま）

こころ濡れて親族は垣つくれどもわれはさぶしゑ父に価（あた）はねば

くちびるの左右に向けて薄く閉ぢ震ふあたりを口角と呼ぶ

というふうに父の怒りが、つぶてのように浮んで過ぎるのだ。

鳥羽を出でて大王崎へい赴（ゆ）くまで閲歴ひとつきてゐたりき

天に濃き淡（あは）きむら星さんげさんげ一生の悔（くい）はさもあらばあれ

大正という〈軽量〉時代に学生だったことがあの遊戯心を育んだのだ。

間髪をいれずこたへのかへりたる十幾年か過去　春の闇

真夜中にありし急死にスキー焼けしたる女がかん高く泣き。

旅にして瀉剤をつかふ空港の、鳥類をうらやみたる昔

エタノールかの星雲もふふむとやあやぶめど生あそべども生

12 荒野にありし頃

子規はついに、あわただしい男であったか。

あわただしく潦(にはたづみ)踏みいでて行く彼方(かなた)喘鳴(ぜいめい)に満ちて部屋あり

子規もまた、マチネ・ポエティクばりの押韻詩をつくった。「韻さぐり」なる脚韻インデクスを自製していたなど、いかにも子規らしい。

分類はいよよこまかになりきたり雪降る肺は雪降ると呼ぶ

〈癌に死ぬ手記を訳(やく)して日本の辺境の医師われにぞ賜びし〉

影として胃を診てゐたり紛ふなき診断強ひてしろく照れば

〈銅像に集まる人や花の山〉子規

茫々と心労のまにただよへば群らがる花もうるはしからず

聖書は、「かくて御霊ただちにイエスを荒野に逐ひやる」と伝えている。
「御霊」とはなんであろう。と論じ合った雨の夜。

いひがたき此のむなしさにおどろきて言にぞ言ひし夜半にめさめて

いひがたく縮まれる今の感官は物のこまかさに応へてゐたり

〈荒野〉は子規にとって、満州ではなく、やはり松山にあったのだろう、人知れず。

めちやめちやにこはす空想はむなしくも愉しきいきのはずみくるまで

子規のサターンは小説をすすめたらしい。

むなしさのきらめき立てる夜半に居て地図ひろぐれば茅場(かやば)・竪川(たてかは)

〈左千夫がり行きたる子規が人力車(じんりき)によこたへ行きし脊柱(せきちゆう)あはれ。〉

やまひある人のうしろを歩みゐて淡き挨拶の言葉を持てり

〈左千夫がり行きしはずみに亀戸(かめゐど)へまはりし子規の体力あはれ。〉

むらさきの〈擬制家族〉のさびしさに耐へむとしつつ疲れはてたる

ヨカナーン！　おまへは私を見ないで、神を見た、とサロメは歎いたのだ。

蝗あり野蜜はしとど流るればあらがはを着てヨハネ大股

〈「去年の春」子規を藤見にさそひたるかの偶然に支へられたり。〉

*

もろともに押しかぶせくる鬱の時きらりと跳びし黒き猫見ゆ

〈父を恋ふ心小春の日に似たる〉　虚子

白文字の酸素ボンベは春の夜のなかばひらきし扉のかげに見ゆ

〈その窓の外（そと）の月夜の桃の枝〉

ぎりぎりのきはまで使はるる人のわれのみならず死者につどひ来て

＊

鮮紅に泡立ちにけるしたたりは床（ゆか）に落ちつつぬぐはれにけり

アルコールは詩になるが、蛋白質は否。脂肪のかたまりなど、言うに及ばず。などと書いた本がある、明治。

酒絶ちて一日（ひとひ）すぎつつ二日（ふたひ）すぐしたたるがごと花は散り初め

行方なき流れと思（も）ひてしたがひし光（て）れる運命のさなかにわれは

藍（あゐ）いろの闇と木立の木（こ）の末（うれ）の溶け合ひながらはや寒からね

子規の日清役従軍志願が暴挙だったのは誰も知っている。ただし、肉体に対しては、というまでである。別の意味で子規自身にとって「快挙」でなかったと、誰が知ろう。「若し此機を従過するあらんか、懶に非れば即ち愚のみ」と彼自身言っている。

一くぎり詰しをはりて眼鏡はづせり手触（たふ）れたる肝腫（かんしゅ）は言はず

「海に行きたい」と叫んでいた。

朝床（あさどこ）にしばらく読みてみづからを遂ひこむごとく立ちあがりたり

もう一度問うが、「荒野」はどこだ。「荒野」では、なにがあったのだ。

朝刊のコラム　ななめに眼は走りしかすがにわれ軽く生き来し

〈人の生くるはパンのみに由るにあらず〉とはよく知られている。問われねばならぬのは、むしろ後半部である、即ち〈神の口より出づる凡ての言に由る〉と。

サターンのしりぞき行きしあけぼのをまたむなしさの渦に巻かれて

〈千本が一時に落花する夜あらん〉なんて稚気を最後まで失わなかった子規。

東京は九段の桜雨ぞらの花の重さを受けつつ行かな

子規は革新者だったか。彼の論は、和歌史の価値を転倒したが、作品は、かえって、平明に和歌史を継いだのである。

似つかはしからぬもやもやを抱きたる初老の医師がひとり此処(ここ)にも

うちまぎれゆくさびしさとおもはずろどろりと暗く紅(あか)きを飲めど

わたしに「神」を試みる勇気はない。しかし、サターンをためしてみる余力は、そして余命はどうであろうか。

さやぎ合ひ飯食ふことも幾年かすぎて思へば朝寒の中

13 過ぎゆく島山

〈伊那北を下りて走ればほのぼのと山かげの街明けそめむとす〉

夏草の鉄路を走る貨物車のみじかき貨車の青そして紅

一家族模擬「流浪の旅」からよれよれになって帰宅。あとの災が待って居た。深更、とるものとりあえず信州へ。

ぎくしやくと鳴る夜行車の寝台にうから率ゐて行きしさびしさ

〈ほとときす柩をつかむ雲間より〉の蕪村は、鬼の腕を見たというが本当？

息しろき五月の信濃、汝(な)が父の死に間に合ふか否(いな)と思ひき

わたしは〈差別〉されて来た、法の名において法治外へと。

いま鳴つてゐるあさましき楽音を生みたるはかの西欧の蛇(へび)

わたしは〈差別〉されている、二十二億の女から男として。

かなしさは一つ毛布にくるまりて筑前の国(くに)秋の百夜(ももよ)を

わたしは〈差別〉されている、医師以外の人から医師として。

いひがたき此の苦しさは身を貫(ぬ)きて降りつつしづむ花片(はなびら)の冷え

わたしは〈差別〉されて来た、喩以外から奮起する喩として。

鳴りいでてサンバは女（ひと）を慰めつ幾夜ぞわれは楽（がく）に息（いこ）はぬ

わたしは〈差別〉を払おうとした、しかし手は落ちてしまった春泥へ。

照らす日も昏（く）らむと言ひて嘆かひきオリーヴの枝ひしと手摑み

〈『断腸亭日乗』を積みあげしかど彼の孤独は讃へがたしも〉

おのづから　腓（ふくらはぎ）　まで流れたる視線のさきは喘（あへ）ぎゐたりき

わたしは画家たちから〈差別〉されつくす、グリーン・オウカアを知らぬ
鴉として。

しづかに牧師は怒りわれはただ端居(はしゐ)して膝(ひざ)揃へゐしのみ

わたしたちは浅い流れから〈差別〉される、黄泥は海を埋めるほどだと言って。

独り寝るさむき五月の夜の闇に枝寄せてゐる風音きこゆ

〈クリンガー展を恋ふるも行きがたき北方の街今日も大雪〉

ただ一夜へだてしばかり明(あ)かかりし隈(くま)ことごとく暗き実(み)垂れて

〈暗き実とおもひしものはたわわなる知の集籔のおそろしきまで〉

戒律の水のごときをかいくぐり働けどはたらきて何生(あ)る

〈胃をきりてたのしまざりし晩年の母をし思ふ田に満つる水〉

あけぼのや果樹園しろく咲き満ちて死の手前まで行きし人あり

父死没一周年記念式は風が寒かった。無言の人よ。

わが父は淡くはるけくしかもなほかしこに棲むとおもふ時あり

父よ、想い出を書こうよ。

*

わたしはわたしから〈差別〉されている、意気地のない隣人として。

なにひとつ脆弱でないものはない天心へ垂れ朱（しゆ）のいかのぼり

〈怒りたる人一人載せ夕ぐれの屋島を登る登山電車は〉

買ひくるる人には吾も買つてやり干潟（ひがた）の覚悟「釣りはいらない」

わたしは子から〈差別〉されている、苛立つ母ではないやさしすぎる父として。

午（ひる）ちかきころの帰宅は新緑の研（と）ぎ出されたる光のなかを

子供より親が大事、と太宰治は言った。太宰を枕において、家を語った四月。

両の手に抱（だ）く紙袋すたれゆくギンギラギンといふ褒め言葉

〈春蟬はまた松蟬の啼きいでて源平ともに憎からざるを〉

深き夜をわれは呼ばれてしどろなる酔(よひ)さむるまで男を目守(まも)る

たかだかと歌書の類(たぐひ)をつみかさねまた崩しつつ成りし文あはれ

島に渡って、海辺の平地から、実にさかんに雲が立ちのぼるのを見た。八雲立つ国は、平野にもある。

雨雲の小豆島より一ときの灰黄として海あらはれ来(く)

島山は過ぎ行くと言ひ眸(め)を見たり晴れやらねども瀬戸内は凪(なぎ)

〈平家巻十一能登の斬死(きりじに)は唐綾縅(からあやをどし)・赤地直垂(ひたたれ)〉

堪(こら)ふべき医のいろはかな朝酒のにほふ男の脈かぞへつつ

〈昔、中学副読本の平家かな　本当に読み終へしは昨日〉

ふかき藍はたまたダークグリーンの幼児(をさなご)は使者或る日われらの

14　あじさいの夢に憑かれて

1　難病の人よ

その女人は一種の難病の患者だった。神経系の難病は、人類の罹患する疾病のなかでも特に悲痛だ。進化の頂点にあるといわれるホモ・サピエンスが、そこだけは再生できぬ組織を、鋭く夕暮へ向けてせり上げている。高度に分化したからこそ奈落へ沈む文明のように。

一語一語声あららげて人類のふかき後背へ射込まむとすも

あぢさゐは道をせばめていつよりか庭の眼なれや時を視つめて

わたしは小型トラックの運転席に坐ったその人の配偶（つれあい）と話した。彼は青白い顔をまっすぐに前に向けわたしを見なかった。わたしは家族に対して非情な分だけ浪花節的な人情家だと、自嘲した。彼は涙を流しているのであった。

曇り日の関八州を疾（はし）りたる馬（むま）こそ見ゆれ餉（け）の夕まぐれ

股（こ）をおほふ紫（むらさき）あはき夜半（よは）ながら隣人の弾（ひ）くギター熱帯び

炎昼、低いエンジン音が、二人の男を包んで鳴りつづけた。わたしが九州僻地のその病院を去ったのはその数日後だった。

2　父の遺訓

嵐をなかにはさんで中也（ちゅうや）から瀧口修造へ。温（ぬく）い人肌から無機質の言語の海へ。

ひんやりと乗り捨てられしくろがねの古き自転車は朝に夕なに

右耳（みぎみみ）を夢の領地に没（い）れながら朝妻（あさづま）に言ひ夕妻（ゆふづま）に言ふ

わが待つはぐみの実（み）いろに照る頰の細き庭よりかへりくるまで

〈さを鹿の角（つの）の岐（わか）れは核（かく）にありその名もミッドウェーと伝ふ〉

核（ヌークリアス）、此の朝刊にみだれ降る言葉は花をものぐらく攻む

われをして躍かしむる力はわれをして立ちあがらしむる力なり、というザバチエの言葉を、なんど父から聞かされたことだろう。

一隻の空母入り来て泊つる夜や葉の細部まであぢさゐわれは

寂かなる昨日は飾りなき今日へ、読みかへしつつ春樹の詩集

3　信長（一）

坊主の首かっ切って来た午後。信長が寝ている。ながながと寝そべってザボン噛み。象を枕、デウスの薄掛け、蘭丸を呼んでいる。

すぐそこに勁き電流の来てゐたる部屋なりしかど詩は還り来ず

暫(しばら)くと言ひて泣きつつ立ち居たりかずかぎりなき碍子(がいし)夕映え

森を抱く沼のやわらぎだ。信長の性器は鋭い型態をとった。

いくそたび罰はくだりて夏は来ぬ蜻蛉は翅(はね)伏せてかがよふ

八十年十一箇月精魂を日本(にっぽん)資本主義に捧げつ

信長の、その金星ふうの器(うつわ)——と言っても言い過ぎではあるまいと言い切って置く——、ゆっくりとダークエイジの水際へ沈めた。

大臼歯星のごとくに缺け初(そ)めつ思春期の午後逢ひし人はも

4　信長（二）

北から伝って来た血筋を／紅筋（くれないすじ）の頭巾（ずきん）ななめにかかる／思考（デンケン）の極細糸（ごくぼそいと）に縒（よ）りこみ／になうほどの予望を持たず／太平（たいへい）へ雪白（せっぱく）の呼び水をそそぎ／地を摺（す）る夜働（よばたら）きと合わせる業房は／ここ美濃（みの）太田（おおた）をすぎ去って四十分の国道わき／スレート屋根の下で「前向きに」すすめられていた

歩み来て双眸（そうぼう）くらき鹿となる死にたる母を想ひ出づるまで

そのころ彼は思弁の殻（から）を南へ捨てていたのだ

おびただしき菌（きん）を殺（あや）めて青年は笑むバーナーの炎直（ほのほす）ぐ持ち

〈あじさいの夢に憑かれて〉京にのぼるのは易しい／漠とした密造の毒を山越えの間道へふり撒いて／なんと正（ただ）しいことだ此の若いカエサルの鞭の動きは

古代詩をあげつらひ行く青年は伊良湖(いらご)が崎に来てしづまりぬ

たらたらと精(せい)のごときを曳きながら武(たける)は山を降(お)りて来たりき

〈激情の詩と釣り合ひて暗きまでしげれる奥の青きりぎりす〉

狂と詐(さ)の時代は今し耐へがたきまで煮こごりてわれに薄(せま)りつ

〈などなどとなげくこころはむらさきの傘をひろげて行きし母かな〉

東京は〈東(あづま)〉のみやこ吉祥寺野太き声をきかむとぞ来し

〈家康を東に封じたりしことたとふれば詩の結句あやまつ〉

あぢさゐはいづこにも玉(たま)結びつつ咳(せ)きながら書く終章あはれ

〈土岐は今天が下知る五月かな〉とあの金柑あたまは呟いたそうなが／信長の昼寝(ひるね)は深い

5　挨拶

巣燕を見し信州のやどりより立ち直りつつ来れば偲(しぬ)ばゆ

みまかりし父はいまはに「もう、いい」と言ひて右向きたりしときの間(ま)

15　パウロ――古代遠望集のうち

1　パウロのような男

皇(すめら)。そう呼んだとしたって村長(むらおさ)の頂(いただき)に斜めに立って居た遠い朝寒(あさざむ)の過去のことだ。スメラあるいはスメロキの濠の外縁は東(あずま)と接して、荒息(あらいき)を揚げていた。五と七の対句を七で締める〈歌〉は、無数の〈謡〉のなかにうごめく一頭の若い羊にしかすぎなかった。

虫類に瓜(うり)を与へて発(た)たむとす食ひはぐれたる昼餉(ひるげ)かなしも

ダマスカスへの道に熱心なユダヤ教徒サウロのあから顔があったことはよく知られている。彼は急に転倒し頭痛する。大発作(グラン・マル)だったと考えてもいいし詐術だったと疑うこともできようが、サウロがパウロに変移したのが、その直後だったのもほぼまちがいない。キリスト教は実はこのパウロが創り忽ち増幅したのである。

鍋に水張りたるあとは茫々と空(そら)もろともに暮れゆかむかな

わたしの知っているパウロは三月の華であった。紀元六十年にローマで消息を絶った使徒ではない。民族の詩の夜明けに蒼い顔をして東国へ、〈歌〉を宣(の)べるべく下って行く、もう一人の詩徒。

あけぼのは早馬(はゆま)驛家(うまや)の井のめぐりむらがればこそ声は白しも

2 「東歌成立」異聞

〈夏麻引く海上潟の沖つ渚に船はとどめむさ夜更けにけり〉に方言がないのは当の然。パウロの旅舎の歌だから。ちなみに〈東歌〉は採録ではない。パウロの宣教による帰属である。新興〈歌〉の福音は、一時東国を席巻した。

鞭はなほ東より来てわが頸に九月八日はやや近づきぬ

女らに乞ひ祈むことばあまた泡立つと帽子の下の眸に言ふ

すこし面倒な論議にわたるが。方言は朝な夕なの井のまわりの土器言語であってその実在は型を喰い破る。東ことばは、詩型の内側へわずかに欠け落ちて残っただけだ。方言が型を、ではなく、型が方言を磨いだ。遠江、信濃、足柄、上野、下野、上総、下総。詩徒は、この新鮮な型を、大声で伝えて歩いた。

3　ある会合にて

蝉しぐれ黄に降るときのふるさとや微笑(ほほゑみ)はつね敵意の衣(ころも)

近づきて二つのことを伝へたり晴天は吾(あ)を吾(あ)は天を忌む

列の後方にならびて物を買ふおのれひとりの飲食のため

巨いなる寂しさの尾を踏み伝ふ一歩一歩の爪さきあがり

君の名はたしか頼家(よりいへ)そのかみのダビデも兵の妻を奪ひき

東(ひがし)して来りし人と炉の上の肉をみつめて居つつ寂しさ

4 折れ曲る

ワインのように冷えた朝が、歌謡にはたしかにあったとおもわれた。縦書きのノートを横に直すような努力が幾筋も、四・三の渦、五・七の淀へ流れこんでいた。柏の根に腰をおろして、東洋のパウロは耳をそばだてたことだろう、月の下の祭礼の唄に。〈子持山若かへるでのもみづまで寝もとわはもふ汝はあどかもふ〉と呼べば、群馬の子持も静岡の子持も皆うなずき合った、と知られる。

辺境の池の鏡に映るとき晴れてしづけき汝（なれ）としぞ思ふ

〈あが恋はまさかもかなし草枕多胡の入野の〉その奥には、かすかな濁りを吐いて気団が動いている。風俗（ふぞく）歌は、宴歌は遂に清明な個に到る前に折れ曲る。

いくたびとなく曲れるを今日ぞ見ゆ衰頽へ行くまへのはなやぎ

おそらく、あらゆる歌謡体が興っては亡び儀礼へ様式へと凝固していく水脈のなかで、倭歌はもう復活すべくもないと思われただろう。思いもかけぬ再興のきざしは、たとえば足柄から来た。〈……をてもこのもに刺す罠のかなる間しづみ子ろあれ紐解く〉の性愛は、西方の博士の言うように「残酷」ではなかった。東国が西国をアクチベイトする古来の方式は一つの頂（いただき）を迎えていた。

近づきて刺すまでの距離測りつつ詩型の柄（つか）をひき寄せにけり

皇（すめら）また皇（すめろき）といふ暗黒が復（ま）た杉の間に低くわらへる

鎮魂（たまふり）とよぶ屈従はひりひりと性を覆ひて在るといふものを

5　使徒行伝

その男に会ったのは三月。薔薇を唇にあてて青いものうい眼で、この星の表層を見渡していた。詩型の戦（いくさ）は終ることがあるまいさ。左右（さう）なく、そう言い切った。

16 私——自画像のモチーフによる

わたしが何者なのか、どんなに考えてもわかりはしない。わたしは、人間の〈選外佳作〉なのだ。

今世紀はじめ病子規のひらきたる大きな傘にかくれてもとな

月々もらうだけをことごとく費消しつくし、経済にはつねに未来がない。

あやふくも手が交差してふかきより毛ぶかき桃をつかみ出したり

何人目の女と棲み何度目の繫累に苦しんでいるなんてことは、彼の罪の附録にすぎない。赤い目に赤い舌を。

水仙に横倒しせる自転車の車輪の泥や愛は生まれ立(たて)

病理解剖認定書(ライセンス)を取得して十年。普通運転免許を取って十年。共に価値は下落する一方だ。

からまはりする後輪ががつしりと参州(さんしゅう)の土つかむまで見よ

〈文もなく口上もなし粽(ちまき)五把　嵐雪〉いやはや、他人に弱いわたしたちは、風と共に投げ入れられた杏に狂喜している。

夕ぐれはシンセサイザー、われ遂に巣を流したる鳥にかもあらむ

なんて嘆いていると、〈食っちゃうぞ　食っちゃうぞ〉財をねらって鬼が来る。痛切に金が欲しいと思へどもまたあてどなく泥の未来は。

電子音女声を模(も)して流れたり眼(め)よ閉ぢてあれ軽(かる)くあかるく

肉はおとろえ負債はかさむ。いやなに、よろこんでるんだよ、俺はそれを。

初期はなは闇にしづめるかきつばたあの時にもし捨てゐしならば

テレビからも、劇画からもだんだん見はなされつつある。

絶叫も聞き飽くころや一包(いつぽう)の重曹を胃に沈めて眠(ねむ)る

現場の医者ってことだな。惰性にたよってるって？　俺は、大ていの恥は
耐え抜けるんだよ。

この子らと性たがふことつねにみづみづしくて寂しも杏(あんず)嚙みつつ

特技はないに等しく、見つめると眼底いたむこのごろ。また指尖を切った
り。

へそ出して角力ふをみれば兄弟（あにおとと）かなしくも吾（あ）を力づけむとす

情人はいない。親友もいない。世紀末風のともだちは、あちこちに立って
僕を見ている。僕も見ている。

さんご樹を刈る夏帽子労働はつね羨（とも）しもよ筋骨（きんこつ）張りて

世間はいつだって正道を歩む人の立場を代弁しているのだ。

吉祥寺略奪婚の終末か胃の腑をのぼる酸に耐へ居（を）り

八つちがいの妹は言う「兄さん、精神性の高いところで勝負するのよ」

陰茎のあをき色素はなに故（ゆゑ）ぞ梅雨（つゆ）ふかきころ湯殿（ゆどの）に洗ふ

のぞき込む体重計の針震ひたしかに流れ去れる壮か

どうでもいいやと思っていた。雪のいっぱいつまったリュックの夢。

汗したたる家族のなかにしろがねの凹地となりてかなしゑわれは

「見事な作品には服従がある。見事な行動においてもまた同様である。」と西欧の思想は語った。俺は、嫌だ、服従が。

陰毛はなぜあるのかとあやしみきつやつやしきを夜半に刈りつつ

岡井隆さんかと訊きて底ごもる未知の女声を受けつつ居たり

白蟻の半分がた食い荒した、粗製の借家を、それでも無上のものとして棲んで七年。この一家は、まだまだ死なない。そのかわり行方も知れやしない。

青梅雨（つゆ）の青の時代にさしかかる芸術のため海よことほげ

子規論の宿題が重く停滞しているので声をからして人を叱る。

今世紀はじめの日本帝国は子規を支へし重き縁側

病院建築について書き医科受験生心得につき書いた。わかっていないから書きたくなる。おのれ自身。

電話美につきて二三のメモとりぬ今宵あつさに狂へるごとく

別れろといわれ、今でも考えてはいる、歌とも、人間とも。家具になりたいや。

雨粒（あまつぶ）の北向く窓をおほふとき風疹症候群のおびえは

要するに一介の男子なのである。

たへがたく鬱(うつ)たへがたく極彩の積木崩れてゐたりけるかも

午後二時すぎて、この初老の男の大腿部に一個の爛熟した掌(てのひら)が置かれている。

禁忌と好色

歌といふ傘をかかげてはなやかに今わたりゆく橋のかずかず

女人に礼を

今日一日（ひとひ）南の風をよろこびし緋鯉真鯉をひきおろしたり

ばらの紅（あけ）石竹の青あざやかに鎮むるものか夕べの庭を

くくくくと雨空に鳴る矢車や父のいのちの過ぎむあかつき

青葉の闇に鯉の血すこし流れたり食へとぞ鯉を抱き来て去る

鯉のうろこの思ほえずして巨（おほ）きかり口ごもり言ふ女人に礼を

時の徴（しるし）

くらやみに居てリキュールの栓を抜く父はいくたび吾（あ）をにくみけむ

つきまとひまたなじるのを茫々とききき流しつつ広場にいでつ

父は若きころのわが神あをあをと水に打たせて肝（かん）の切口

夜露さへ歌ふあかつき晩年に酢（す）を垂らしたるわれと思はむ

裂けてゐる青き雲間になにを見む〈時の徴（しるし）〉は西欧の神

父をわがつまづきとしていくたびのろひしならむ今ぞうしなふ

紙の器(うつは)に湯をそそぎつつ暫し待てよ〈聖(せい)なる聖なる〉神の降(お)りくるを

すりガラス様の濁りに耐へながら後半生を生きむかわれも

濁音(だくおん)を二字にかぞへし電文もて父の生誕を祝ひし昔

なきがらは五月の闇に沈めども力つくして叛(そむ)きまつりき

花巻へ行く

くもり日の豊沢川(とよさはがは)の白鷺は半世紀前(まへ)東へ飛びき

〈やや高き雑木林と知れば足る詩碑などかれにかかはりあらず〉

イーハトーヴォに入らむとすらむ鉄道の銀のひかりの馳走(ちそう)うけたり

北方にのみ詩が在ると思はねど草むらの秀(ほ)にかがよふ言葉

〈東北の秋のあつさに、握りめし食(は)みつつ行けばしろし支流は〉

方言の美に満ちてゆく小雨の、否(いな)方言は美醜超えたる

野の白鳥

アイヌ語を数(かず)限りなく留(とど)めたる島に下り行きて人に遭(あ)はむとす

子規宛ての書簡ばかりをあつめたる重き一冊を伴侶にわれは

今ゆのち白鳥の棲む水べまで人のこころに添ひつつ行かむ

君または君の仲間に会はざれば野の白鳥も知らずか過ぎむ

しばしばも斜面の雪になづみたる旧き北方の海市あはれ

みづうみの氷のうへにやすらへる野生といふはあはく汚れて

枕べにココシュカ画集ひきよせて見てゐるうちに彩(あや)は飛び初(そ)む

燈(ひ)のすぢにうたるるごとくゐたりしが午後の経験を嘉(よみ)して眠る

林檎園まで

谿（たに）あそびに接続したる気の火照（ほて）りのぼりかゆかむ果樹の林へ

大いなる樹下（こした）にやすむ一家族夕まぐれまでゐるにやあらむ

人の手をかずかぎりなく加へたる巨（おほ）いなる顆（み）は空（そら）に地上に

側面に朱を流したるあをき顆（み）のやすらかにして枝に交（まじ）らふ

あますなく楽想展（ひろ）げらるるまで一樹の楽（がく）を聴きてゐたりき

人体に在るくらがりを想ふまで下草にさへ甘きかがよひ

養へる枝ことごとく地を指しぬ上枝（ほつえ）には兄下枝（あにしづえ）弟

林檎園ふたたび

わたしは間違っていた。あれは警告だったのだ。

後退(あとしざ)りしてゆく型態(かたち)わが生(せい)にありありと見て人は言ひけむ

興るものは、かならず亡びると、人ごとのように言う。

ある愛のかたむきてゆくかそけさを母韻(ほゐん)推移のごとく歎かふ

あやうい秋、家族で天竜を下ったことがあった。

川のなかを寂かに浮きて行くときに秋みまかりし正岡のぼる

あれも信州、これも信濃。

ひしめきてしかもしづけき百千（ひやくせん）のわが見し枝を誰にし告げむ

夕まぐれ、林檎園を下りて疲れて。

くもり日の芝を伝ひてとぶ蜂のしばらくは飛びしばらくすがる

百千の林檎の枝の塔をもて丘のなだりは明るむらしも

死んだ父を話題にすることもあつた。

やうやくにまなかひ暗くなりゆきて死にたる人は真直（ます）ぐに死にぬ

父と同じあやまちを冒したと人は言う。

愛ふかく言問（こと）ひしさへ夜半（よは）思（も）へば愚直なる一つ症例として

百千の斥候（ものみ）のひそむ山々はあをくこごりて北空にあり

九州反乱説その後

はろばろとやまとに向きて弓を引くわれもろともに叛きて居らむ

まつろわぬものは珠麻にも蘇にも居た。

九州がひとり立ちして耐ふるなら水みなぎらふ川幅われは

女の全きからだの重たさは九州へ来てはじめて知りぬ

ふかい憂愁が九州島を覆っている。とりわけその背梁の山系に。

苛(いじ)めぬくやはらかなその掌(て)のしたに背(せ)の山脈(やまなみ)のたかぶりやまず

ひらひらと林檎の皮を剝きたらす実(じつ)にこのやうに筑紫のをみな

ヒミコかも知れないし女装のタケルかも知れぬ。

宮崎を去りて棲みたる西新(にしじん)の町はひややかに吾(あれ)を挟(はさ)みつ

南(みんなみ)へくだる電車にビールのみて愉(たぬ)し人の生(よ)の先の視えたる

〈おのづから死の北側をめぐり行く道とぞ思ふ火の山の道〉

熊本につどひてぞせし歌まつりそのまなかなる淡(あは)きくちびる

夏の夜のため

あをあをと馬群らがりて夏の夜のやさしき耳を嚙みあひにけり

熊蟬は鳴き初めにけり此の夏の新膚(にひはだ)としも思ふかなしさ

眸(まみ)といひ眼(め)と呼ぶ孔(あな)ゆかくまでにすがしき蜜は吾(あ)に注がれつ

末房氏(すゑふさ)を暫(しば)し待たせて昇りゆく細き塔(あららぎ)の末(うれ)の書房へ

書籍店が百貨ならべて濁(にご)るのを広(ひろ)し広しと人は愉しむ

片寄せて高く妖怪の本を積むつくしの子らの夏の夜のため

鍬形を飼へるみどりの虫かごに声かけて寝に行くを見守る

大いなる虚(うつろ)にむかふ日常はこのまま銀の秋に続かむ

禁忌の音楽

柴生田稔氏に

みづからに禁忌を課して書きあげし大き寂かなる書（ふみ）は置かれぬ

エンジンのあたたまりくる宵闇におもふ待たれつつ書くといふこと

大島史洋氏に

絶対の批判をせよといひよこす史洋（ふみひろ）のためあはき言葉を

死児だったという兄によせて　三首

嫂（あによめ）の働く家を知らざれば花みだらなる庭と思ひつ

ここからはオプションといふ声のして禁忌の楽は流れつづけぬ

嫂（あによめ）のかなしき光（かげ）はこのくにの家々に照りやがてうつろふ

あたたかき飯（いひ）を欲して歩みゐるいま内視鏡挿（さ）して来しかば

家族抄

しづかなる旋回ののち倒れたる大つごもりの独楽（こま）を見て立つ

独楽は今軸かたむけてまはりをり逆らひてこそ父であること

不意に来てわが双眼を濡らしたる感動はとほき由来を持てり

ものぐらき年なりしかば逝（ゆ）けはやく宙吊りに死へ懸かりてわれは

たのしさに介在したる悲苦として行きて別れたる坂を思ひつ

女くだりきたる小さき坂の道顔のきびしさは風のはげしさ

歳月の媒介(なかだち)したるやはらぎをねがへるわれは階昇りゆく

またふかく夜(よる)に刺さりてわが生はくらきみどりの葉ずれに満ちて

しかれども癒えしにあらずあかき花ひるがへるなかを息せきて来ぬ

だばだばと汁をこぼして終りたる老のひるげを惨(さん)と思はず

頭髪の茫たる童子ふたり居て火の匂ひする父をよろこぶ

疎外されつつ閑職へ行くまでの過程と思へば父がわかり来つ

一箇の北方気球流れたり詩へとがりゆくこころ言(こと)の葉(は)

みどりごをおびやかしたるウイルスは細気管支にひそめるらしも

夕ぐれの大地に独楽を打ち遊ぶくれなゐのひも湿り帯びたり

如月の花

昏倒(こんたう)をして担がれし男ありきびしき顔の四五人続く

きさらぎの花を夢見て園(その)を行くいきまきて居し人も鎮(しづ)まれ

ゆるしてはならぬと人の言ふ故(ゆゑ)に深き野太(のぶと)き夕べとなりぬ

生涯は此処に朽つとぞ声あげて歎きしわれは紅き椅子の上

きさらぎの花は何色(なにいろ)亡(な)き父を鞭うつごとくいへば憶(おも)ほゆ

走り梅雨、走り書

梅雨の夜、ふかく。

妻よいま肉桂(ニッキ)ふくみて物を言ふあふれて過ぎし情は湖(みづうみ)

国さえ、おちよくられることあれば、

ころがしてなぶりてしばし東洋をあしらふときの米(べい)のごとしも

『カエサルの地』は、よき哉。

応へなき角川春樹さびしけれ文人と見て文を遣(や)りしに

強弓よの、これは。源氏か、はた平氏か。

あたらしき帽子かぶりて弓を見るわがうちをゆくたぎつ瀬波や

あらそいは、家のうちにもある。

帽二つ三(み)つかさなりて掛けてある帽子掛け立ち玄関たぬし

ヒエロニムス・ボスの樹人を思えば、

葉(は)をかさね樹(き)の立つごとく父われは暗(くら)しこの樹を叩きて子らは

ゼウスみたいな訪問だったよ。

弁明のまことさはやかなる男日没（にちぼつ）に来て日の出に去りぬ

海岸で知人なんかに会うんだ。

鳥打ちのぐいとまぶかに、話しかけられたくないの一語に尽きて

伊勢丹のよこ傘さして、

新宿のものすさまじき群衆を抜けいでていま帯のごとしも

グスタフ・クリムトのあとにシーレが居て、

絵の前に白き小(こ)ぶりの椅子を置くしかうして人居(ゐ)ぬぞよろしき

塚本邦雄のあとに僕が居て、

白くあはき鞄(カバン)をさげて縦(つ)きしたがふ弁明のいらぬ夢をかなしむ

梅の雨、荒らあらしければ、

小止みなく降る木の雨は梅雨(つゆ)どきの木の分泌(ぶんぴつ)のごとくたぬしき

むらさきにすきとほりたる傘さして泣く子をなだめ行きしはるけさ

しづかなる液の流れをひろげたる傷口のへに見つつ何思(も)ふ

大野晋という人の本ひろげたる。

文法にすこしこだはる今夜(こよひ)かな「ハ」といふ助詞は「ガ」を超えて翔(と)ぶ

深酒は、いつかとだえて、

へべれけになりて昨夜(きぞのよ)吐きゐたるその地下一尺のところ花の芽

宮沢賢治もそこを過ぎたりという。

陸中(りくちゅう)の海岸しばし讃(たた)へたりいまだ知らざる潮恋(うしほ)ほしく

女はしずかにチェスをさした。

民俗といひ風俗といひながら雨(あめ)ふくみたる髪(かみ)のかなしさ

敗けることは、はじめからわかっていたのだ。

本を読む象(ざう)の絵(ゑ)のあるかべぎはにわれは敗(やぶ)れて来(こ)しにあらずや

本を読む象はあくまで本を読め銀いろの悔(くい)にあふれてわれは

内と外

外は、つねに月明。そう思うことにしている。

家の内にくづほれてわが居りしかど腐臭はまさか知られざるべし

若い敵たちの岡井隆論を読みながら。

触角の他(ほか)にくろぐろと甲(よろ)ふものまた甘やかに匂へるもあり

視姦をタブーとする宗教の外縁に居るさびしさ。

庭一つへだて透きみゆる夏草の内部をふかく憎みつづけぬ

わたしの級にも戦死者が居た、と明言する書物を読んだ。

断ち割(き)きし果実はつねにしたたれる形象のまま凍(い)つといふものを

〈夏浜に夕食(ゆふげ)を告ぐる母の刻　　誓子〉

木曾谷をうねりのぼれる車内には葡萄ひろひて過ぎし人あり

詩は、愛より疲れる。

氷片のへに味緊(し)まりゆく酒に口づけながら眼は折口を

東歌の作者、というパラドクス。

夕ぐれは言の葉の魔にしたがひて顔ゆがむまで写し了へたる

〈わせの香や分入右は有磯海〉

内側は朱を基調としはるかなる天の蒼さを俳諧として

視る人は、また、視られる人。

禾本科の一面たわわなる青のかかる内部に遊びたきかな

信州はやはり涼しい、と嘆いていた。

手抜なく画く細部に驚嘆して汗しとどなる書庫西日なか

夕庭に水を打った音。

筆つかふいらだたしさやふりはらひなぎはらふ外藍（そとあゐ）の短か夜

わざと塗りのこすという画法に想到したころはもうおそかったよ。

生涯は知らず夜半（やはん）に米を煮る放胆にして細叙の蕪村

天と地

羊のいない聖書と同様、馬のいない中世の風景は考えられない、とある人
はいった。なるほど天馬ペガサスはガソリンを配っている。

つばさある汽車をゑがきて指うごくみづがねのそら父と子のうへに

「男の児なんだろ、君は。」と何度いわれたことだろう。

雨傘をはらりひろげて逢はむとす天はほのかに杉にほひたる

東京北日中南の風晴のち曇、豊橋北日中南の風晴時々曇、本日十二ページ
だって。十二重ねの曇り空。

陽をうけて銀の油槽車書きたわむ詞(し)はひとすぢのかへり路にして

エジプトで死ぬのもイランで死ぬのも遠い国のナショナリストばかり。ふとたちあがれば、

天地のあはひにしろき雲うきてたまきはるわがうちのオルゲル

暮しの中核に、葡萄をおいてみよ。いやなら、犬を飼ってみよ。

許さるるべくもあらねばいましがた闇に騒ぎし雨退(そ)きゆきぬ

〈蟹の身をほぐしつつゐてひとりのむ酒と思(も)ふまでうとまれてゐつ〉

指南車のとどろくごとき一日へて冬瓜を食ふ淡しといひて

なぜ古代詩か。不明である。幽闇の子宮壁である。そっと包まれたいんだよ、つまり。

阿蘭陀の深さ毛ぶかさひるすぎて物の表（おもて）のくらくなるまでに

〈サムソンがペリシテ人を打つ時のまがふことなくこれは歌だよ〉いわく「ロバの骨をもてわれ一千人を撃ち殺せり」と。

しばしばも打ちたる父は貧困の地（つち）に育ちて絹をつむぎつ

〈三冊歌書をひろげて更くる夜のババロアといふむかしごのみの……〉

雨雲は西よりよせて静かなる声の厚意のとどくゆふぐれ

何度となく、いいわけに失敗してきたのだ。

このたびの不始末につき礼をいふしかれども天蒼さを増しぬ

大地母神に祈りを。そして、大空に銅の虚礼を。

つやめきの昨日とたがふ畑つものうづくがごときあきなひをせる

この夏行った阿波の国にも広い庭に秋のとりいれがすんでいよう。

根菜の或る種或る日のかがやきの不思議にふかく視えてもの思（も）ふ

〈しばしばも手首に時をたしかめてひるすぎの診察室あはれ〉

学生の昔のごとく髪たれて瓜（うり）をしぞ食む半裸のわれは

「雪の暮鴫はもどつて居るやうな」（蕪村）のあいまいさが愛。

青檜葉のにほふ女をうたふべし鉛筆の芯もろにとがらせて

男と女

父が男であるというだけで嫌悪したことがあるが、フェミニストなんかとは違うんだ。

きつね色の革の手帳ににくしみのふかぶかとさす書き込みしたり

多忙。医師として充実した半日というべきか、否。寒い。「機嫌のわるい女」というドラマを構想する。

夜の庭ロココ風なる雨粒のひかりをうけてふりそそぎける

家族の形態にむけて一切をたたきこむのだ。

やはらかきひかりの粒（つぶ）におほはれし女があれば夜はたのしき

「わたしたち男性が耳の上までまき毛をたらし、正午にベッドで客に会っていた。あの時代が再びきているのではないか。

満ちてあれわがこころただ満ちてあれキリマンジャロの甘き酸（す）き香（か）に

女からはかずかぎりない傷を負っているが、つねにかれらからはみえないガードを着ているのであった。

今宵わが道化に徹したれば見ゆ十指の爪にさす紅（べに）は見ゆ

キッドアイラック・ホールには喜怒哀楽などすっかりふっきれた男が立っていたにちがいない。

草稿のみづみづしさをたたへたる別のわたくしのために紅茶を

男は女の作品であろうか。「その作品は水のなかの棒のように曲がっている」

たえまなく右左から払はれて力落ちゆく太幹われは

〈なほいまだ西洋は神ビアズレー画集は下半身かくせども〉

苦患より吐きいださるる胆汁の暗きを見たり朝な夕なに

〈たたなづく稚柔乳(わかやはちち)をたたへたる千樫の歌を引例として〉

夕妻の乳しぼりゐるかたはらを綿のごとくになりて過ぎ来つ

〈したたりの輝くごときいちにちのただ一日だにわれにあれわれに〉

相続と贈与のちがひしばしばもただよふ雪にまぎれゆきたり

〈冬至の祭をせむとさやげどもふかく疲れて男の声す〉

一瞬の怒りははやくなぎゆきて汁に割り込む生卵ひとつ

〈序列して没日へ向ふ棚雲の涙していふことなくなりぬ〉

男から女へつひに流れたるその場かぎりの叫び声あはれ

〈別れないと決意したときわらわらと雲がみだれたのを知つてゐる〉

酷きまであをくたたへし冬空をすさまじき日の天涯とする

〈がくがくと歯の根ふるひしひとときのいつの夜なりし青葉ふかくして〉

寂かなる影をあつめて枯芝は遊べるごとし冬の遊びを

嫌忌と好色

〈ぼくは東京の暗闇で／意味もなく頭をふっている　清水　昶〉

京へきてあきらをおもふかざはなのそらにことばはうしなはれつつ

おおわれのうつしみふかくうごくもの鰕（えび）のごとしとにくむことあり

イフといふ船をゆめみてひるひなかよりさけくみしこぞのなつあはれ

さやばしるあをきこころはいくたびか嫌忌のうづにまきこまれたる

さばしりて老（おい）をささへしをみなありきさらぎはけふ近江につきて

好色はわれらをとこのしるしとぞへいばんにその論をむすびつ

手をだせばとりこになるぞさらば手を、近江大津のはるのあはゆき

藍畑のはのむらがりをみたりしがこよひまなかひにそよぎてやまぬ

いくつかの位にわけてはなしたりもつとも低きもつとも深し

人に知られたい。人に知られることばっかり考えてる。
知られたくない汚辱のかたまりのくせに。

乳房のあひだのたにとたれかいふ奈落もはるの香にみちながら

スリッパのたがひちがひにはきしかどただすひまなくスウプにえたつ

紅梅はいやらしきまでいろ濃しとゆきずりにみてひとにいはずき

髪の根をわけゆくあせのひかりつつみえたるころのあはれなる愛

湖(うみ)へゆくますぐなるみちわかくしてすでにさまざまに梨なりしかな

いきいきと狂ふ眼もがもたましひの根幹ひえてかたはらにあり

子規といふをとこをめぐりこまごまとまたいらいらとかきいれてゆく

この年の霜のわかれか風すこしあるをきらひてコートかさねつ

脂濃(あぶらこ)き食をきらひて死にゆきし父をしぞ思ふ唐崎(からさき)すぎて

地下鉄道讃歌

*

一門にさからひてこしすぎゆきの椿を提(さ)げて帰属して行く

〈輪をならし曳きゆくときの茶のいろのかばんは小さき坂にかかりつ〉

いろ淡き鞄(かばん)につめて搬び来(こ)し子規一党のうたの行方(ゆくへ)は

slice(スライス)に耐へ screw(スクリュー)に遭(あ)ひながらわれのこころは花に届かず

〈桑繭（くはまゆ）といふ言葉あり家繭（いへまゆ）といづこがちがふ、見ねど思ほゆ〉

青年がちかぢかとわが耳に来てわらひつついふザチーレはかな

水系のあつまるごとく地下をゆくいろとりどりの電車かなしき

憂ふれば風をおこして趨（はし）りゆく地下鉄道の紅（あか）きに乗りぬ

仮面と様式

ひとりの言葉がひとつの生命を制約することを月の光のさす病室でいつの日か覚らなければならない。とメモしたのは去年の今日。

すみずみに現実の乳は満ちながらしかもはつかに現実超えたる

〈金銭にかかはる春の憂かな〉

参阡に無限にちかく迫りつつなほわづかある欠落あはれ

〈中野サンプラザは及川隆彦の輝ふとまでわれは言はねど〉

あたらしく生(あ)れたる闇と知れれども連れだちゆくはいつだつて好き

あの裁判官のニルアドミラリをよそおったもの言いはどうだったであろう。

連れ出され攫(さら)はれてゆくたのしさの神田まで来て祝辞書きをり

〈四月二十一日しづかなる雨は『正岡子規』とわれを濡らせり〉
〈脱稿を自祝してゐし夜の果てに父の怒りのよみがへり来つ〉

様式の水をくぐりて詩は生(あ)るる着流しのわれ胡座(あぐら)のわれに

〈いふならば戦中戦後飢餓世代煮つめられつついちじく匂ふ〉

わさわさと物食ふさまのいやしさをゆたかなる此の今へ織り込め

仮面こそさびしなつかし胃の重くなるまで金（かね）の詰煮つめて

〈雲よ来よ　わが晩霜の髪の上〉

漢音と闘（たたか）ひしのち春めいてゆく伊勢の国鈴鹿郡（ごほり）へ

わが「こだま」先頭車輛の見ゆるまで彎曲ふかく靄のなかを帰る

〈よろこびを酢（す）につけてゐし女かな〉

色彩は泳ぐといひて讃へたるかの批評家は背後を知らず

農業型抒情から都市型叙景へ。

二月十九日夜。夢に馬の形をした母を見た。母さんは好きだよ、やって来れば自分も死ぬとわかっていても来てくれた。それにくらべて父は冷めたかった。電話の向うにさえ出て来なかったよ、と文句言っているうちに目がさめた。

朝戸出に尿(ゆまり)にもどる象(ざう)の母どどとおのれの足踏みにけり

〈王制のするあはれなる鷹を率(ゐ)て〉

青年と話して居たり青年はつめたき眼(め)してわれを見据うる

屋内は凍らむばかり効(き)きながらはなやかに周(めぐ)る街区ありたり

静岡いでて富士をかかぐる空に遭(あ)ふみどり子の熱も落ちつつあらむ

毎夜少し早寝している。ところが妙な夢で目がさめる。なんでも枕もとにラジ・カセのようなものを持ってうすぐらい部屋に寝ていた。そこへ女たちがどやどやと来て、一せいにふとんを敷いて寝はじめたが、こちらの存在は全く無視している。それがかなしいので、おれはおれの部屋へ行ってねるよと言った。

てのひらにたもてる虫をはなちやるあけぼのの様式の波間(なみま)に

建物のはずれの、自分の部屋へ行く途中で、屈強な整形外科医に会った。ひょっとすると昔つとめていた病院の外科医だったかも知れなかった。泥のような川を下る舟にのせられて、峡谷の泥流を、つるんつるんとすべって行くたびに、こちらの肝は冷えて行く。

生くるとは他者(ひと)を撓(たわ)めて生くるとや天は雲雀(ひばり)をちりばめたれど

育ちつつゆらぐ思念(イデー)の「女らは居ながらにして男手挟(たばさ)む」

とある崖の上へとびあがって、とにかく川を伝ってどこかへ逃れ出たいとおもった。売店があり、ばあさんが下手（しもて）を指して教えたところで目が覚めた。

昔見て今見えぬものあまたある否ただ一つありと思はむ

父母（ふも）の亡（な）き大きな闇に包まれて咲きにつらむを行くこともなし

三月三十日夕。Oさんと熱海で会う。寒い。『人生の視える場所』という本の、最終の調整のため。梅園へ行った昔も寒く、女は胎教を信じていた。梅が香に、のっと子が出る。

女らのまどかなる老に入らむころ歯がみ荒（あ）ら嚙（が）みわれは苦しゑ

〈カルダンのかばんに雨の降りかかるまだ昼飯（ひるいひ）は届けられざる〉

精神のどこか汚（よご）して成りたりと思ふも暗く花群のかげ

小切手は腹巻きに入れて行つた。（この一行は、わたしにだけ意味がある。）

この日ごろ庭木々肥(ふと)りあはれなる妻あはれなる夫夕まぐれ

〈あのころの日記の類を焼きたるはいついづくなる庭先にして〉

上(かみ)の句のどこか動くと見てあれば一輪車曳きかへり来ぬ子は

子供たちと遊び自転車転倒。膝を打つた日には、さすがにわたしも不快派歌人。

いくたびか死後の世界に直(ぢか)に視る真水(まみづ)を詰めし魔法瓶あはれ

〈歳月の垣をくぐりてぬつと来る想ひ出したくない顔ひとつ〉

たたなはりうからは寝(い)ねつ月光(つきかげ)や深し今戦後と思ふまで

「熔けたる巌の山腹を流れ下るさま、血の創より出づる如し。」(『即興詩人』)

愚昧なる歌びとかなと歎かひて手をひとつ拍ち許したまひき

手をお出しわれも両手をさし出さむ水いろの如月(きさらぎ)の花の上(へ)

三十七年ぶりに『即興詩人』を読む。鷗外は十年を費している、この甘い小説の翻訳に。

一冊の手帖に金を積み上げて悲苦は集約されつつしづむ

〈核兵器廃(や)めよとせまる女声あり家裁をいでて歩める吾に〉

くらがりに夏柑（なつかん）の実（み）と在るわれはさびしきわれは政治を嫌ふ

右であれ左であれ、多数（マス）による熱狂を、わたしは好まない。

反核といふうとましき略語さへ熟れて巷に夏は来むかふ

雨と日本人

六月初め札幌へ行く。鼻汁のやまぬ鼻をさげて行ったのである。
折しも冷雨また冷雨。

中空に禁忌の解けてゆく音を雨かも降ると思(も)ひて仰ぎつ

北国の雨の迅さにいらいらと咽喉(いんこう)ふかく病みて歩めり

リラに降る雨のさなかを裾ぬれて行きゆくわれは　讃美してをり

久しくもわれを縛(しば)りて年へたる禁制ひとつ解けてゐたりき

「暖かい雨」は巨大海塩核を芯とする凝結によつて降るのだと、ある学者は推論している。

耿々（かうかう）と或る女過ぎ行きにけり路の繁りにふる夜の雨

しづかなる水波（みづなみ）の北島（きたしま）ありて疲れふかまれば来たりぬわれは

いひがたき勢威をもちてわれを喚（よ）ぶ北国のこの水象（すいしやう）あはれ

二つ三つ気にかかるかな書き上げし書きのこしたるごちやごちや燃えて

札幌では「日本人のＨＬＡ」を聴いた。ＨＬＡとはなにか。それはともかく、雨雲にも遺伝子はひそむのである。

あぢさゐに大かたつむりみどりごにはじめての歯のあはきよろこび

はしり梅雨(つゆ)きみならばわがくるしみを言ひあつるらむ喟声(きせい)しづかに

さつぽろのあめに目ざめて「狂ほしき羊群」といふ比喩ひらめきぬ

ふたたびを女を憎むことなかれライラックから言葉を採(と)れば

〈雨ふれば今日いとまあり札幌の大き通りを下駄はきあゆむ　千樫〉は大正九年の雨。

さはいへど男女(をとこをみな)はうつろなる蜜房の辺(へ)にたぬしきものを

なほ北を脅(おびや)かしつつ邦(くに)ありといふといへども現(うつつ)はみどり

朝々を薬草園に沿ひて行く沈鬱にしてあたらしき青

梅雨のなき国といへどもおのづから西から晴れて、人は辛辣

「日本の雨は、その総量が多いだけでなく、短時間に多量降るという点で
特徴的である。」（倉嶋厚）

北五条西十三をよぎるころはや余裕なきこころとなりつ

たてよこにかはす美称のあいさつのいぶせき宵となりにけるかな

運命をのろふことばをつくしてぞ呪ひし声は水に刺さりつ

よろこびと悲嘆のあひを割りながら青にごりゆく若葉の大樹

〈氷解けて水の流るる音すなり　子規〉

金銀のはかなき幸(さち)をいふ人は北辺(ほくへん)に居てわれに鏡を

桑園といふ小駅の陸橋をうれひてのぼりうれひてくだる

すきとほるビニールに容れ膝に置く傘(かさ)はブルーの昨日また今日

わが歌を編みたる人は妻君(つまぎみ)とありつつもとな憂愁の人

*

雨(あま)づたふ大会堂のたうたうと日本人のみ持つ遺伝子座

六月の重きからだをふり切つて楡の木立に風と来てゐる

花束を抱きてリフトにのるわれは二昔来（ふたむかしらい）錯誤にみちて

不細工に傘をたたみて聴くときも説くタべにも激語はあらず

「無言貿易」あるいは「鬼市が立つ」ともいう。夜来の雨の置いていったものを芝から拾っている。わたしは鬼めに、なにを返せばいいのだ。

鬼市に昨夜（きぞのよ）置きて来しものを繊（ほそ）き鬼らは食（は）みつつ行かむ

人の生（よ）を旅に見立てし妄誕の妄誕ゆゑになつかしきかな

あたたかき雨さむき雨、東方の海港へゆく噂はまこと

交易は麦のさびしさ運つよく生きのこりたるのちに想へば

日本人の雨には四季の別がある、とおどろく人があつた。

あたらしき禁忌の生るる気配していろとりどりの遠き雨傘

各集序跋

『天河庭園集』あとがき——または謝辞

伊勢とか土佐のような昔の物語を読んでいると、歌と散文とが、お互いに相手を愛し合っているめでたさを羨しく思う。わたしたちの中にある叙事への欲求と抒情精神とは、お互いに覚めてしまっている。いっそ、憎み合ってさえいる。

歌は、実は、詞書抜きでは成り立たない表現方式かもしれないのに、わたしたちは一行の歌をたくさん並べて、読者に向って、苛酷な理解を迫っている。そんな気がする。

この本の、どの一連をとっても、その背景として、百枚位の散文が書けそうな気がしてならない。しかし、現実には、散文抜きで、こうして公刊するのである。たとえば、学生たちが新宿駅を占拠した時代について、今、誰がどのように刻明なイメージを画くことができるのだろうか。そういう危惧を抱いて、なおかつ、わたしは、短歌という一行詩のもつ暗示力にたよろうとしている。

福島泰樹は、この七年間のわたしの辺境棲いの間に、わたしの仮寓へ来て泊っていった、たった一人の客人である。しかも、したたかに酔って、かなりな発言をやってのけた人物であった。だが、そのおかげで、こんな、あらずもがなの歌書が日の目をみることになった。わたしは、率直に感謝すべきであろうか。どうも、そのように思える。

『眼底紀行』と『鵞卵亭』の間をつなぐ一条の吊橋の渡り具合は、多分に、福島君の手腕に負っていると言ってよかろう。

七月十二日　　　　岡井　隆

『鷲卵亭』あとがき

歌集を作れという友人のすすめに素直に従って成ったのが此の本である。旧い歌は今さら手を加えようもなく、新しく作ったのは当然熟していない。それをそのまま放り込んだから、定稿もあれば未定稿もあり、奇異な様相を呈している。それもまた、いいではないか。もはや青年の心をうごかす文学は成就しがたく、ありていに言って数人の友人知己に見せるだけの私歌集なのだ。

七〇年と七五年の作品のアマルガムである。

昭和五十年五月

鷲卵亭主人

『歳月の贈物』あとがき

かねてからわたしは、或る種の羨むべき歌人たちが、〈この集は、折にふれて歌い捨てたものを漫然と書き並べただけであって、もとよりわたしの筆のすさびに過ぎない〉というような後書をその私集に添加するさまをみて、一度はわたし自身も、そんな境涯に到りつきたいものだと思っていた。

しかし、こうして遂にその境域に足をふみ入れてみると、意外や、なかなかに寂しいものである。全山紅葉といえば、まだしも態をなすが、一枚の落葉にも、こころおののくものがあり、「土地よ、痛みを負え」などと叫喚し痛憤していた年頃が、しみてなつかしまれる。もっとも（言うまでもないことだが）この変転は、年齢によるものばかりとは限らない。

妙に力むことをしない、かといって、見ぐるしいほど弛緩してもいない、そういった作品をこころがけて、ここ数年をすごした。この本は前著『鵞卵亭』（昭和五十年、六法出版社刊）に接続する歌集であるが「磁場」の田村雅之、「無名鬼」の桶谷秀昭、「雁」の冨士田元彦、「読売新聞」の島田修二、「短歌」の秋山実といった編集者の方々のすすめなくしては、この程度のものを〈歌い捨てる〉ことすら出来なかったであろう。本のつくり一切は、前著に引きつづき政田岑生さんがやってくれるという。

してみれば、わたしは今の境域を、〈なかなかに愉しいものである〉と観ずべきかも知れないのである。

一九七七年十月廿七日

著者

註・村上一郎を哀悼した「記憶への献辞」の中には、かつて『鶯明亭』に収めたことのある歌が、二首まじっていることをお断りしておく。

『マニエリスムの旅』あとがき

この本は、わたしの第七歌集である。すなわち『斉唱(せいしょう)』『土地よ、痛みを負え』『朝狩(あさかり)』『眼底紀行』『鷲卵亭』『歳月の贈物』につづく、第七番目の単行歌集ということになる。

内容となる作品は、昭和五十二年（一九七七年）十二月より昭和五十四年（一九七九年）十一月まで約二年間の制作にかかわり、ほぼ、制作順にならべた。わたしの五十歳、五十一歳の折りの作品のあつまりである。

1

「鷲卵亭昨今」をはじめに『現代短歌'78』に発表したときは、一首を三行詩として表記した。例。

故知らね
囁沼に芹を摘(つ)む
黄檗の僧ふりむきにけり

この歌で、「摘（つむ）」とルビをふって、「む」を送らなかったのは、近世の句集の表記を真似たのであった。例、〈ひともじの北へ枯臥（かれふす）古葉哉　蕪村〉。一九七〇年から七五年まで、歌を作っていなかった時期のノートに、俳句らしきものがいくつか見える。捨てるには惜しいと思って、七・七を付けて歌のかたちとした。そうしたものが、この一連には、いくつかまぎれ込んでいる。三行詩を一行に表記しなおしたこと、上下句の、あまりに明瞭な対照を、あえて中和せずに提出したこと。そうした詩法の成否については、まだ、わたしにはわかっていない。また、たとえば二首目の「ジェロニモ」とは誰か、と問われても、たやすくは答えられない。また、最後の歌の永田和宏は、京都在住の若い歌人であり、永田と永田の妻河野裕子の家は仁和寺のちかくにある。晩秋の一夜、三枝昻之、伊藤一彦とわたしは、永田の家に泊って、暁白をみるまで話し合ったことがあった。というような私的な叙述を、この一首に添えることに意味があるかといえば、いわく、答えがたい。〈一民族一日本語の……〉には、草田男や郁平の先蹤が想起されるが、作者としては愛着をもっている作品である。（二月六日）

2

今夜（二月八日）の夜も、更けたが、一行でもいいから書いておこうと心を起す。

「マニエリスムの旅」の〈マニエリスム〉については、諸説があり、久しく前から流行語ともなっているのは、よく知っているが、なにより、この語のひびきがいい。マニエリスム、マニエリスム。近代の巨匠たちの手法の、はるかな末流による、たのしき模写のかずかずが、ここにはある。そして、旅に出、旅をモチーフとして歌をつくるという行動様式も、また、一種のマニエリスムといわねばならないだろう。それにしても、このような歌作りのわざの、なんとやすらかなことであろうか！　なんと、やさしいことであろうか。

〈旧歌恋々書き乱れたる〉とは、わたしが、この種の歌のエスキスを書きとどめるときに、ひそかに呟く、呪文のごとき一行でもあるのだ。

3

感冒をひいて寝ている父の見舞いに、名古屋へ来て、一泊した。父の咳をききながら、自分でも咳をしながらこれを書いている。日はもう、二月も十八日だ。

記念のため、今日よんだ文章を抄する。吉川幸次郎氏の「マーラー『大地の歌』の原詩について」(『他山石語』所収)である。わたしが吉川氏の著書に親しみはじめたのは、つい昨日のことで、記紀歌謡をへて、古事記伝にいたり、本居宣長への関心が吉川氏の同名の著書をひもとかせたのである。マーラーとは、まだ、ほとんど、触れ合っていない。ただ、ある人がわたしの歌(歳月はさぶしき乳を頒てども また春は来ぬ花をかかげて)を読んで、マーラーの「大地の歌」を想起したといったことがあり、わたしは、久しく敬遠していたこの曲のレコードを買って来て、聴いたという縁があるだけである。その時から、ずい分と、東洋風の音楽だなあと――その実は、そういう西欧人のオリエンタリズムは、きらいなので、――思っていた。

吉川氏によれば、マーラーが依拠したのは、ハンス・ベトゥゲの『中国の笛』(Die chinesche Flöte: Nachdichtungen Chinesischer Lyrik, 1922, Leipzig)という本で、この本は、「時にはなはだ原詩に忠実であり、時に甚だ自由」な、中国古典詩のドイツ語訳である。「マーラーはまたそれを自由に綴りあわせ、自由に変形させている。もとの唐の詩をさがしだすことが、私のこの稿の任務だろうが、やり出して見ると、いろいろ困難があった。」と吉川氏は言っている。

「大地の歌」の第一楽章は、李白。第二楽章、第三楽章は不明だが、第四楽章は、李白の「採蓮曲」の変形であり、第五楽章も李白の「春日酔起言志」であって、これが、もっとも原詩に近いとのことである。そして、第六楽章にあらわれるのは、孟浩然であり、王維の詩である。中国の文物は、むろん、西欧近代の作曲家の魂をゆるがせたばかりではない。つとに、日本の古代歌人たちを痛撃したのであった。

吉川氏は前掲書の巻頭語文「思夢と愕夢」において、万葉集巻四にみえる大伴家持の歌、

夢の逢は苦しかりけり覚きてかき探れども
手にも触れねば
暮さらば屋戸開け設けてわれ待たむ夢に
相見に来むとふ人を

などをあげて、契沖の『万葉集代匠記』の説を引いている。すなわち、右の第一首目は、七世紀の中国の短篇小説『遊仙窟』のなかの文「少時坐睡めるに、則ち夢に十娘を見る。驚き覚めて之れを攪るに、忽然として手を空しゅうす。云々」の影響下にあると契沖は言っている。

ここまでの引用、紹介では、吉川氏の論文の主旨をあやまることになるのだけれども、（つまり吉川氏は、夢の詩を日中両国の詩歌にさぐって、むしろ、両者がいちじるしくちがっているという点を強調しようとしているからだが）、わたしの連想は、わたし自身の歌に与えられた他者の感想語から出発して、マーラーを経、盛唐の詩を経て、万葉集の歌におよび、一千二百年の伝承をへて、出発点にもどった。一つの環を閉じたように思ったのであるが、すでに夜半をすぎたので、ここで、筆をおく。

4

一夜あけてみれば大雪。なるほど、名古屋は寒いところだったと再認する。〈わが里に大雪降れり大原の古りにし里に降らまくは後〉。豊橋に電話を入れると、彼地は、むろん、温暖地、（大原の里とはちがうから）雨であった。〈駟〉ゆかず。スノオタイアもはいていないし、チェインももっていない。一時間ばかり雪どけをまつことにして、久しぶりに雪景色をたのしむ。（二月十九日）

5

いぜんとして、感冒の嵐のなかにある。

前節を書いてからさらに、十日たっている。本日が、限界であろう。近況を素描して、しめくくりたいのである。

『鷲卵亭』を出したとき、なん人かの人に手紙を添えて、そのなかで、歌人として再起したいという志をのべた。（歌人としての再起であって、歌壇への復帰ではない。念のため）しかし、ことは、容易ではない。一たん断ってしまった心の糸は、なかなかつながらない。わたしがやや積極的な気持で歌にむかうようになったのは、やっと昨年（一九七九年）の後半になってからである。

随筆的にうごいていた気分が、評論風にとがって来た。わたしに残されている人生の時間は、もはや多いとはいえないのを承知の上で、わたしは、本居宣長の著書を読むことから、ある一つの異世界へふみ込もうとしている。（『本居宣長の世界』『道——近世日本の思想』の著者野崎守英氏は、東大生のころ、短いあいだであるが、「未来」という短歌集団に加わっていたことがある。大そう難解な歌をつくる学生であった。そのころ、わたしは、その短歌雑誌の編集をしていたので、野崎氏の若書きの文章をいくつか載せたのであった。「未来」は、そのころ、上げ潮にのって動いていた。二十年前のことである。そのころのわたしは、なにものをも怖れていなかった、と回想することができる。宣長をよむ行為が、二十年たって紙の上で、旧知に遭遇させた。これを記念して、書きしるしておく。）

先日、寺山修司氏に、これも二十年ぶりぐらいで、顔を合わせた。このごろでは、旧知旧友と会うのも、座談会や対談の席が多くなった。したがって、本当に話したいことは、会がおわってから話すのである。わたしたちは、石川啄木や北村透谷について論じた（もう一人の出席者は、詩人の北川透さん。この人とは、わたしは豊橋移住以来、親しくしている）。

啄木論よりも、オフになってからの岸上大作論のほうが、おたがい、はるかに生彩にとんでいた。これも、やむを得ないところであろう。否定論は、肯定論よりも、つねにするどくなるのである。

『ロマネスクの詩人たち』（国文社）という本は、ちょうど、その座談会の日に出来た。かえりの車中で、そのなかの石川啄木論をよみかえした。昔のわたしのほうが、よかった。あのレベルまで再起するのは、容易でないと、悟らされたのであった。

にもかかわらず、わたしは、当分、ふりかえることなく、歩いていくだろう。

6

塚本邦雄さんの解説は、辛辣な慰撫である。久しぶりに、（昔もらったような）長い手紙をもらった気分になった。塚本さん、ありがとう。

政田さんには、長い長い約束を、いまようやくはたした気持である。板付空港のロビイで会ったのは、八年前か。お礼の言葉を、こころから申しあげる。

一九八十年（昭和五十五年）二月尽

著者

『人生の視える場所』自注

はじめに

一九八〇年のはじめ、角川書店「短歌」編集者（当時）秋山実氏が、わたしを若い歌人の成瀬有氏と対談させたことがあった。対談は、おおむね、渥美半島を走る車のなかでおこなわれ、伊良湖岬の燈台の下で終った。そのあと、秋山氏と雑談していたときに、なにかいい企画はないかときくので、ぜひ連載短歌というのをやりなさいよ、とけしかけた。この時点では、それをわたしがやることになるとは、全く思っていなかったのである。わたしの考えでは、三箇月か四箇月続けて、一つのまとまった主題をあつかうというのがいいだろう。なににせよ、短歌作品が話題になり論争の対象にならなくては、だめではないか。最近は、批評の上の小ぜり合いばかりで、おもしろくない。そのためにも、おもい切った企画がいるのではないか。きっと、そんなことだったのだろう。

秋山氏は、即座に賛成した。いまからおもうと、いやに賛成のしかたが速かった。そのはずで、きけば、言い出した「先生」がやって下さい、というのである。しかも、どうせやる以上、一年は連載してくれなければ、連載の名が泣きますぜ、と逆襲した。わたしは、その時は、引きうけたような、引きうけないような、あいまいな返辞をしたまま、わかれた。

その年の四月三日、勤務先の病院の病理検査室に居た。午後一時すこしすぎのことである。名古屋の日本陶器の秘書室から電話だという。そんなところから電話がかかったことは、はじめてであるから、いぶかりながら出てみると、父が「倒れて意識不明」だという知らせであった。わたしは、とっさの判断で、父のかかりつけの病院名を言い、そこへ入院させておいてほしいとたのんで、すぐ行くからとつけ加えた。わたしの居住する豊橋の家から名古屋の目的地までは、どんなにいそいでも一時間はかかるのである。こうして、五月六日に父が亡くなるまで、約一箇月間ほどの、父との「長いお別れの時間」がはじまった。

脳血栓症で倒れた父は、結局、正常な知能を回復することなく、また、正常な発語もほとんど不可能なまま、死んだ。八十一歳の父と、まともな話しをしたのは、だから、その年の三月が最後であった。その時、父の倦怠と疲労をつよく感じた。この世の一切のことに関心をうしなっていくさまが、よく見えたのである。なお、ついでながら、わたしと父は、最後の最後まで、折りあわないところがあった。せり合っているところがあった。父は、いくつになっても（昔風にいえば）家父長はおれだよ、リーダーはおれだよ、と言った態度を捨てなかった。

五年前に母を亡くしてから父は、とみに衰弱の度をました、と親戚の連中に言っていた。わたしは、いっこうにそう思わなかった。その手ごわさを、わたしは、会って話すたびに感じていた。わずらわしいほどの手ごわさであった。その手ごわい綱が、死と共に、さっと解(と)けていくのである。

わたしは、父の死に似たような体験を、いままでにしたことがなかったか。あったような気がする。一度は、敗戦のときに。もう一度は村上一郎の死のときに。敗戦は、それまでわたしたち軍国少年の上にのしかかっていた〈価値〉の転落であった。奇妙な明るさ、とまどい、一種の開放感、それらは、敗戦のあとにゆっくりと、時間をかけて、やって来た。

村上一郎は、わたしが六十年安保のあとについた師である。師父といってもいい。もっとも、この師父に対して、わたしは、けっしておとなしい弟子ではなかった。この人の、わたしに対してもっていた〈禁忌〉的な呪縛力について気がついたのは、その〈禁忌〉の解けた、死ののちであった。村上一郎からの「解放感」も、徐々に、なん年がかりかでやって来た。村上の死は、昭和五十年三月。ちょうど七年前になる。

〈禁忌(タブー)〉をいくつも発行するような人物――それが親であろうと、先生であろうと、そういう人物を身ぢかにもって生きることは、たのしいか。たのしくないのである。羨ましいか。羨ましいという人もいるが、はたしてどうなのか、わたしには分からぬ。

たとえば、正岡子規は、幼年にして父をうしなっている。父の呪縛力を、ほとんど感じないまま、生きた。むろん、父の指導や保護にも、あずからなかった。そのかわり、父の代役は、加藤拓川や大原徳祐がはたした。のちに、陸羯南も、父親がわりをつとめた。羯南の指南力を、一生脱しきれなかったのは子規の不幸か、幸福か。むつかしいところである。ただ、空想をすれば、子規があと十年も生きて、陸の死に遭ったと仮定すれば、子規はそのとき、大きな〈禁忌〉の解けていくときの音楽のようなものを聴いたにちがいないとおもう。

妙な定義になるとおもうが、わたしの此の「連載短歌」は、父の眼にふれることのない、はじめての作品群である。（わたしの父は、断続的にではあるが、短歌をつくっていた。わたしが歌を作りはじめたころ、最初の先生は父であった。彼は、わたしの歌を大体のところ、読んでいたと覚しい。）

1　春の老人

263　「アレキサンドラン打ち」という遊戯はどのようにも空想できる。たのしげなひびきの遊戯ではあるまいか。

詞書と歌とは、いくとおりかの関係式で結ばれている。この場合は、「画家」とも「わたし」とも「〈わたくし〉」とも、また、その三人のおこなう遊戯とも、まったくかかわりない光景として、「ふと顔を上げてみると、部屋の外には」〈自転車のペダルに右足をかけている女友達〉が、見えたのだ、と想ってもらってもよい。わざと、この気のきかない、散文のような、口語めかした歌から、「さりげなく」「軽快に」わたしは、連作を出発させたかった。

つっぱっちゃ、だめだよ。

気ばらない、気ばらない！

上っつらを、そう、かああるく、かああるく。わたしは、そんなふうに自分に言いきかせながら、自転車をこいだ。呻吟にちかき……五月、六月。豊橋と名古屋の亡父の家（誰もいない家）とを行き来することの多かった日々。わたしの家の庭にも、八事の父の家にも春の花は咲いて散った。すべて、「義眼」のように見えるのも、「呻吟にちか」い、日常に、ふさわしいのであった。シンギン、ギガン、あるいはニチジョウ、ムラザキ。この濁音の同系なのが、少々、重すぎるきらいがある。

常日ごろ……のちに、多少ふれるかも知れない、いくつかの条件がかさなって、自分の生きていく方途が、あやぶまれた。「命運」は、「運命」と同義である。「糸のごとき雨」は一字余りが、多少、気になる。「糸のごと雨」もいいかもしれない。

264 ああ嘆くな……自分に言いかけている歌である。結句の字余りは、わざとしたのであるが、「影と会ふまで」でいいのかも知れない。初句の字余りを、結句の字余りで中和したとも見られる。

八十になる……年末年始ぐらいは、三人いる子供のうち誰かが行ってやるべきだろうと親戚筋のだれかれは言っていた。しかし、わたしは、そうしなかった。父も、結局は、それを望まなかったのである。「歳晩をすぐしたり清しも」は別案。

日に日を……現実の事件や時間のすぎゆきを「うたかた」といい「飛ぶ」と形容し、しかも、そのさまを、舞台の「端」にしりぞいて、客観視している。冷視している。そんな自分におどろいていた。

苦しみは……苦しんでいる。それは、苦しまなかったむかしにくらべれば、人間としての熟成の証拠じゃないのか。「また眸ふせて人にむかへり」が原作。

このふかき……八事にある墓地は、いくつかの丘陵からなっていて、その丘と丘のあいだに、おのずから谿がある。そこも、新旧の墓の林立するところ、夏草のさかんにしげり合うところ。「ふかき」は「梅雨」にかかる。「死せる魂」は、かならずしもゴーゴリを連想してはいない。ただ、人の死後、くりかえしおこなわれるセレモニーに対して、懐疑的になっていることはたしかである。

265 運命は……運命などというが、結局、〈神〉といおうと、〈自然〉といおうと、人の力、人の意志、人のはからいを超越したところで動くのだ、と考えてしまえば、人間をやすらがせる。ただし、「歪みて」である。素直にやすらがせてくれるのではない。

〈物〉といふ……言葉の〈物神化〉といった現象に、たえず、ぶつかっていた。たくさんの人が、たくさんの会合の場で、わたしに迫って、ものを言った。「狂ひたる女」には、わたしの偏見が明らかに出ている。「かげのある顔」は、その女のひとりをスケッチしたにちがいない。

小さなる……気に入らない歌で、なんども手を入れたが、うまくゆかない。詩想そのものが露骨で単純すぎるのであろう。代案を二三。「小さなる無数の悪をまとひたるこの肉体をはこびつつゆく」「小さなる無数の悪のはだら縞はだらにふかく生きむとすらむ」「小さなる無数の悪をしりぞけて生きられるなら生きぬいてみよ」

266 箸立ての……信州は、この連載にしばしば出てくる。ここで、この一首が出現するのは、小主題の先駆みたいなもの。塩尻駅の立ち喰いそばである。正月休みに家族を松本へおくった帰りの記憶でもあろう。この歌の上の句と結句あたりの写生（スケッチ）の骨法は、「アララギ」で学んだものだが、わたしは、嫌いではない。

宙宇とふ……宙は「往古来今」すなわち時間の謂で、宇は「四方上下」すなわち空間。あわせて世界のことだと、辞書は伝えている。この歌は、宙は虚辞的につかって、宇、すなわち、「銀の披殻」として、天地空間を空想したというのであるから、かなり単純な空想である。「からだよろこぶ」は、性の現実を言っている。

人生の視える場所……この言葉をもって、連載の総題としたのは、苦しまぎれであったろう。「人生」が、そうやすやすと「視」えてたまるものではない。だが、父の死と、それに続く一連の小事件は、わたしに、従来到底みえなかったものを透視させたのである。

かかる時……「かかる時」とは、どのような時でもよい。男には男だけの原則がある。そのくせ、ある時は、人生は「まるで瓜の一片」のように見えさえする奇怪さ。

267 うしろから……うしろからだくときのちち、とむろん読むのである。イ母音を全体の調べに重視している。

朝と夕……対照的な「朝夕」「表裏」（人のこころのおもてうら。人生のおもて小路とうら小路）は、しばしば、あまりはっきりしないものだが、このところ、いやにはっきり、それが目にうつり「そのたびにわが動悸息衝」

ひるがへり……性の歌と、解するべきであろう。

すみやかに……「春の老人」は、駆けるように死没した父のことである。

268 やさしみて……結句は、まだ、安定しない表現。「しかも容れつつありしや父は」の意。これは、父に対する、いささか甘い解釈というべきだろう。

女とは……父をうたったり、女＝性をうたったりして、そのからみ合う、生者と死者の交錯のうちに一年が終る。

この歌も、不安定な表現をえらんでいる。「あつまりて」と「また」以下が、切れているようで繫がっているのである。女体を讃美した歌ということもできる。

2　越る家族

269 幾重にも……わが国の代表的な植物帯である照葉樹林は、絶滅にむかって迅い速度で歩いている。この際、椿の森をかんがえている。あの亡びは、この俺のほろびによく似ている、というのか。詞書の「囁きの邦」は、解説できないし、すべきでない。この連作の詞書と歌は、わりと素直に、相互補足の形をとっている。

270 〈十萬の〉……この子規の句を出したのは、この連載の副主題である子規を、ここで出した意味もある。わたしは、この期間、『正岡子規』（筑摩書房「近代詩人選」）という本を書くのに苦しんでいた。それと、もう一つ、防衛論議とか、軍の存否とかいった関心が、わたしを惹いていたのもたしかである。

子を連れて……テレビの動物ドキュメントをみているところである。日ごろ、子を率いて行く母親を身近かにみて感傷したのであろう。そのころ、わたしの家には、五歳と二歳の男の子が居て、父母の憂愁とかかわりなく、家鳴り震動する一大遊戯圏を作りつつあった。父親は、ある場合、遊具にすぎない。

パン焼きあがる……詞書の「小さな店」はパン屋である。「よみがへれ愛」そう、わたしは、なんど念じたことだろう。現代の家族は、どんなに「愛」以外のものによってつながれていることであろう。愛は、だから、「苦き方」角からしか来やしないのだ。

しろがねの……「蟬羽」はセンウ。いわゆるシイ・スルウである。男の買ものじゃないよ、まったく。ニーチェのことばを詞書につかったのは、軍隊論や防衛論とかすかに呼応しつつ、性の残虐性とも連弾しているつもりであろう。

271 血圧を……わたしは、父のところへ行き、ただ血圧を測り、脈搏をとり、そして帰ってくる。そういうあっさりした訪問。それも、ある義務のような強迫観念におされて。往反に、三時間をついやして。このあたりの歌に出てくる「父」は、やがて、子にむかうわたし自身の像と、どこかで重なっていく。

埋み火や……この俳句は、父と論をたたかわした「政争論」の記憶にもとづく。

こまやかに……「亡きKさん」は、白玉書房主人鎌田敬止さん。このころ、その死を知った。晩年のこの人とは、わたしは疎遠になっていたが、若いころにいろいろ教えてもらった忘れられない人。おもえばこの人も「春の老人」の一人であったのだ。「雌をともなはざらむ」というのは、夜の蝉への哀惜でもあり、羨望でもあるのだ。

272 あまやかな……詞書とあわせて、一対になる。しかし、この歌はあくまで、雲の歌である。詩歌で、〈論議〉をすることは許されない。ただ〈論議〉を感覚的に表現するだけなのである。

厨べを……下の句の小発見に、この歌は賭けられている、といっていいだろうか。

飯くひつつ……「歓談」というのもいやな言葉だが、「表敬訪問」なんていうのも大きらい。偽善がにおう。

273 薄暑かな……このころより、講演すること増える。

かにかくに……わたしは、ある辛い場面から「逃げ」た。私事をいうほかないが、それが昭和四十五年（一九七〇年）の七月である。わたしは、東京を去って九州へ行った。宮崎市にすみ、やがて福岡市に移り、さらに響灘沿いの田舎町に棲みついた。豊橋へ来たのは、四十九年五月である。「逃げのび」たのである。響灘沿岸では、海胆（うに）をすすったが、渥美半島ではメロンをすすりあっている、二人で（いな、家族で）。「すすりあふ」は「すくひあふ」のほうが品がいいかもしれない。

十年すぎて……「かかる批評」は、どのように解されてもかまわない。「家族とは云々」の詞書とは、かかわりない。大ていの酷評は予想していたつもりだが、これはまた、思いもかけぬ角度からの批判が耳に入って、おどろいたのであろう。

早朝、剖検のため……このあと二首の歌までは、ある夏の朝の病理解剖室での仕事――これもわたしの Duty であるが――のスケッチ。草城の句に代弁させたのは、おそらく、雨が降り出したからであろう。胆管を切りひらくのは、剖検も、かなりすんでからのこと。「およぶころ」は、その意。

274 このあたりの詞書と歌は、かろやかにデュオを奏でているつもりなのである。「この町に……」は、短歌型式にしたてである。鰻や、鯉をそのままもらうことがあり、出刃でひらくのだが、これが動物実験のようには、いかないのである。そろそろ、子供たちを媒介にして地域社会とのつながりが出来ていく。「村めいて」くる、中野町中原百のこのあたり。

蒲焼に……もちろん、斎藤茂吉のことである。亡父からきいた実話にもとづく。

275 また或る夜……病理解剖の結果、死因があきらかになることもあり、そうでないこともある。剖検に立ち合った若い医師から問われて、わたしは、考えあぐみながら、その人を見かえしていたのである。そのことと、「かくも文芸を糧と」して生きている、このごろの生きざまへの反省とは、不即不離といった関係にあるだろう。内面でつながり、外がわで飛躍している。そういう形の対応が、わたしは好きである。詞書と歌は、この呼吸を基本にしたいものだ。たのしんで文を書いていた、九州流浪のころは、文芸は精神の糧ではなかった、といいたいのであった。

わが友の……これも短歌型式の、友への挨拶。文学運動のときではないのに、それを夢想しつつ歩む、一匹の犀なのだ。わたしたちは。この年二月に、札幌へ行き、菱川善夫と会ったが、二日一しょにいて、わたしはこの友人がすこし元気がないのがかなしかった。

序奏すでに……おそらく、井上陽水をうたったのだろうとおもう。さだ・まさしではないはず。しかし、歌人の誰かさんのことを謳っているのかも知れず。

もう一度……鎌田敬止への挽歌。青春の交遊すべてがうたがわれているのだ。それにしても、不思議な老人であった。はじめ「アララギ」系の歌人の歌集を精選して出版していたが、だんだん、そこが、かわっていったようにおもわれた。わたしの印象である。なぜかわったのだろう。なぜ、わたしは、この老人から「うとまれはじめた」のだったろう。「男女」の「もの暗くしかもたぬしき」、そのかかわりが、書房主人の側にも、わたしの側にも、重くたれこめていたのであったろうか。あるいは、お互いの〈家族〉への配慮が、男の志をかえていくこともある？

276 わが家を……見下せば、わが「翹る家族」は、三人であった。

3　信長が来た

277 万葉は雨に濡れ……「万葉（集）」「古今（集）」を擬人化して言った。女に見立てたのであろう。

スラックス紅きは……スラックスの紅いのをはきこころみて、しきりに喜んでいるので「そんなにひとりでよろこぶなよ」と言っているのである。

婚にいたらぬ愛……ここでいう「婚」は、性の現実を言っているのか、法制上の婚姻を指しているのかといえば、どちらにもとれるし、どちらをも含んでいる。そういう未婚の愛をブロッコリイの濃緑のようだといって讃えているのである。

もう相手は……先の詞書にある話し相手の「人」のことである。間に挟まれた二首の歌、そして、そのあとの一首は、この問答のあいだに浮ぶ連想ととってもいい。旧い文学用語を使うなら、〈意識の流れ〉と解してもいいだろう。

壁文字は……昼間、出講した大学の一風景に反撥しているところである。と、そこへ、「万葉」とよぶ女が、泣きはじめた。

278 女衒みたいだと……選衡という仕事には、ある種のいかがわしさがある。それ以上は、解説する必要はない。その少女に牛乳を汲んでやったのである。

ふるさとを……「もろもろの欲をつくしてふるさとの水の淡さに到りたまひつ」の意であるが、完成していない。父の若い日の歌に「かそかなる欲念ひとつ遂げしかばひそかにわれは息づきて居り」があって、遠く唱和したつもりであった。父は、十年前から慢性肝障害があって、手帳に書き込んだたくさんの検査値をわたしに示して、意見をもとめた。（父は応用化学畑のエンジニアである。）

279 ゆるやかに……場面は一転する。夏休みをとって、ブルー・トレインにのり、十年目の青島をみに行く家族。子供たちのつきつけてくるものに苛立ちながらすぎてゆく夏の国。そして、自分は、亡父と宿泊旅行などしたことがなかったのに気がつく。このあと、数首は、ことごとくわかりやすい歌であろう。「古典へ行ってしまう」の嘆きが、擬古調の写生歌をひき出して来た。

280 こころやさしき……亡きKさんは、学生のころラグビーに熱中した。同じ高校でボートに熱中した亡父と重なる。「最晩年の雨中の佇立」老年の肌を、雨は叩いていた。

281 魚の血の……ばらをもらって、つくっているところである。刃のイメージに、詞書をあわせた。防衛論の主題が、かすかに鳴っている。

チェロ奏鳴すれば……大雷雨の夜に、突然、産気づいたので、いそぎ準備して車にのせようとしたところ、車輪が泥に埋まっていて、あせればあせるほど脱出できなかった五年前を想い出していた。

そこに来てある……対象はなんでもかまわない。すぐそこの「それ」が見えない。見えないからこそ「双眼きき」であるような状況は、いたるところにあり、防衛の論にもある。「ミンスク」は、原子力空母とおもっていたら「準空母」であった。グラビアでみるかぎり美しい艦である。

282 一日食ひて……焼却炉で生まごみを焼く習慣は、今は、禁ぜられたが、あのころはあった。煙突の煙を遠望して、火勢をはかったりした。

庇合を……「言ひきか」す相手は、子供とはかぎらない。また私生活のスケッチとばかりはかぎらない。

おのづから……「悲嘆のとき」は、父にかかわるか。それもあろう。家族との日常にかかわるか。それもあろう。ひとりひそかに「自祝」しているのである。

283 水桶に……「信長が来た。」以下の詞書だけを拾って読んでほしいのである。その詩の中へ、間奏のように挿入された、日常の風景を、四首の歌が象徴しているところである。「このふかき……」の歌には、ふたたび、この国をつつむ他国のかげが、短かく変奏されている。

4　口のゆがんだ肖像——下村槐太論の余白に

284 槐太といふと……下村槐太についてはいつか書こうとおもっていたが、いい機会なので、槐太小伝に、わが歌を合わせようとおもったのである。槐太は、ある意味で、男性時代の余響だとおもう。それに対して、すぐれて女性的な現代を対比させることをかんがえた。わたしの依拠したのは「俳句研究」昭和五十三年五月号特集〈下村槐太研究〉であった。塚本邦雄からの耳学問は、早くからしていたのだが、この雑誌の「下村槐太一〇〇句」には、驚歎した。金子明彦の「下村槐太」も、ほぼ槐太の風貌と生涯を画きつくしていると思えた。この連作をつくったあと、わたしは、ある人の好意で、『槐太全句集』『天涯』を手にすることができた。この一連は、だから、槐太の読み方によって理解が深まりもするし、遠のきもしよう。それでもなお、わたしは、この一連がすべて消えて槐太の句だけが輝いてくれれば本望なのである。

遠くあまき……「女らに叱られて来て遠くあまき昼三日月を見にをしへをり」とすれば、順直になるが、表現の力点が移動するだろう。父の死後、親戚が寄って会議のような会議でないようなことをくりかえした。その席で、年長の女人たちにしばしば叱られた。「負け腹立てるでない云々」の詞書は、だから、直接槐太論とは関係ない。関係はないが、雰囲気として、「金のはなし」は、槐太に似合うとおもって挿入した。

285 青空は……父が死んで誰もいなくなった平屋の家はひろびろとしていて、その中央の座敷で、うなぎなどとりながら会合がある。外はうっすらと晴れて来た気配で庭の花の木が明るくなった。「忘れはつれば」なにを忘れたいのか。それは申し上げたくない。ま、言ってみれば、遠い過去のおのれ自身の「ゆがんだ」顔であろうか。

彼は生計のため……槐太が謄写印刷を、どの程度に、自己の生業とわきまえていたのかは知らない。「鉄筆」とか「厨房」とかいうことばのひびきが好きで、この一行を書いた。むろん、わたしはしばしば家事をするので、次の電気洗濯機の歌などが、できる。

へちま忌を……子規の糸瓜の句については、最近『正岡子規』（筑摩書房）のなかで、むきになって論じたことがある。「大いなる債」は、負債をのこさなかった父をおもって、自分の末路をあわれんでいる。もっとも、この「債」は、子規にもかかる。彼の文学は、継承者に負わされた「負債」かも知れないのだ。

286 はからざりける……肉親が死んで相続の事実に直面したことのある人なら誰しもわかる歌。もっとも生前の父への批評でもあるが。

夢にたつ昔の……このへんは、パス。

自分には〈攻め〉の……〈攻め〉と〈受け〉、ディフェンスとオフェンス。そんなふうにわけると、わたしは、こと文芸にかんしては〈受け〉が下手である。亡父は、あるとき、九州がえりのわたしに言った。「寄るときには、怒濤の寄りしかないぞ、たかし。鎮西八郎為朝だよ。」と。

マイナーで……これは、本当のことである。

足ばやに……湯と汗が、どうも即きすぎるとおもい、苦吟したが、どうにもならなかった。うまくまとめてある方かも知れない。

287 すさまじき……官舎のお勝手は北西に向いていて夏になると夕日が暑い。食卓で本をよんだり原稿を書いたりするのは、わたしだけではあるまい。

薬湯を……わたしは胃腸系がよわいので、薬湯を煎ずることが多い。亡母の煮ていたげんのしょうこを思い出した。母のくせで、すぐに別の薬湯にかわったりした。

写真は口角あはく……槐太の写真と亡父のそれが、二重うつし。亡父は、昔けがでもしたのか、右の口角がわずかにあがっていた。いわゆる口でわらっても眼が笑っていないタイプの男であった。

左肩より……平素、しばしば、そういう患者に遭遇している。自分の力だけでベッドへ寝ころぶ訓練をさせている。麻痺の手はつかえないから直接肩から、丸く、ころがり込むのである。因みに父は、脳梗塞をおこして一箇月少しで死んだから、後遺症に苦しむひまもなかったのである。

288 朝々の卵料理……鶏卵は、わたしの好物の最たるもので、たぶん幼時体験のせいであろう。しかも、その塩分量に思いをいたさなければならぬ年齢に、もうとうの昔到達しているのである。

いますぐに……わたしが、注文をうけて書く「文学」をやめていたのは五年。槐太は（注文の有無はともかく）十二年間句をすてていた。こういう正直な感慨を歌にすると作者は、こころよい。読者は、ぬけぬけとなんだよ、と毒づく。その次の一行詩も、同じくである。「岡井隆は医師でもある」などとは、こんりんざい、言ってほしくないと思って来たが、最近ゆらぎつつある。

日和さだまる……ほとんど打ちとけた話し合いなどない日常であるから、職場でも、職場に隣接した官舎のとなり組でも「噂」は、わたしの耳にきこえて来ないのだが、まれに、ふと、きこえることもあった。むろん、わたしにかかわる噂。

289 扇風機……苦吟した一首で、浪吉は歌人高田浪吉。赤彦の弟子。したがって、昭和期の「アララギ」発行所の敵役。畳にナイフを刺して斎藤茂吉に迫ったという伝説のもち主。わたしは家の南側の暑さを、たえがたく思って北の部屋へ移動していた。「片手提げ」なんてことばを案出した。浪吉は、むろん、槐太にも、槐太の弟子にも重なっている。このころ、『昭和万葉集』の仕事で、浪吉の歌を読んでいた。

「この過去の七年云々」……北村透谷のことば。同じ町に、詩人の北川透氏が住んでいて、この人に重厚な透谷論がある。平素、ゆき来すること多く、その影響で透谷をすこしずつよむ。

極刑のくだるまで……わたし自身の私行について、まだ神は処罰を下していないと思っている。そんな気持であるが、金大中のこととよみちがえる人もあるかも知れない。それも一つの読み。

〈ぬくめしを……〉……槐太の句。

馬面を……槐太の顔の長いのは有名。それも、ある場合、恩恵というべきだという歌。「痴愚神」は、大てい、芸術の神である。

290 髪刈りて……わたしも、ひげをのばしたことがあるが、理容師が、髪には手をつけても、ひげには手をふれぬのをいぶかった。駅ビルも、アラファト議長もホメイニ師も、風俗語として、すたれていくであろうが、すたれないうちに、歌にとどめておきたかった。

寂かなる邦に……わたし自身は、ダブルボギーゴルファーであるから、芝目など読めやしないし、読むまねをするだけだ。この歌は、テレビで、青木功をみているところ。青木のゴルフは、およそ陽気さのないのが特徴で、好きでないが、いかにも今の時代に合っている。むかし、KBCオーガスタで青木のアイアンの練習を直かにみたが、よかった。歌よみも、黙々と、型の練習をしなければいけない、などと思ったりした。

最後に……〈 〉内は槐太の句。自分の死後の他人をおもうのは、多少は「嫉妬」に属しよう。たとえ、「後世」がロバのいななきにすぎないとはいっても、多少は気にならなくては、ないからである。しかし、本当をいうと、わたしは死後の再評価（槐太も、その憂き目にあった！）とか、後世を待つというのが、ばかばかしくってたまらない。

5　青空——G・マーラーのためのブリコラージュ

＊信長、槐太と来た人物論と歌とのからみは、ここへ来てグスタフ・マーラーをとり上げるに至る。個人的な機縁はいくつかあるが、いちばん大きいのは「学生のころ理解しそこなったマーラー」というコンプレックス。ブリコラージュは、レヴィ＝ストロースから盗んだ言葉。手当り次第に、そこいらにころがってる材料を用いて道具をつくり上げることを意味するのだと、いつごろからか、勝手に思い込んでいる。

291　「大地」から……「大地の歌」「巨人（タイタン）」はマーラーの曲名だが、事実、わたしはこの順序で聴いていった。しかし、鬱屈は解けはしなかった。原作第二句「聴きはじめて」。

自転車を……わたしの家には女性用の自転車があって、金属製組立式のベコベコと音のする物置に入れてある。庭のはずれに立っているその物置に、誰か自転車を入れている音がしている夕暮。病いをもつのは、旋律ではなく、わたしのこころであったろう。

本当だろうか……この詞書は二首の歌から成る。寂けさの……秋に雪の歌というのも変っているが、詞書が、引きずり出した追憶であろうか。「恩寵」は、むろん、神の恩寵。このころ、神を思うこと多く、しかも、恩寵をねがわなかった。

東大寺……これも一首の歌。こうして、詞書に歌型式を忍ばせる手法は、かつて、「海庭」（『マニエリスムの旅』）で試み、以後しばしば用いている。

292　ウィーンの……「東方」はトウホウとよんでもいいのではないか、と迷う。

またひとつ……「純銀の楽」がマーラーの四番を指していたこと。「顔よせて」以下が、二歳ちがいの弟のせりふであること。この二つを、なぜ結びつけたかは、謎である。父の死後、遺産継承をめぐって、関係者間に、やや複雑な心理が働らいている。「『……無いぜ』とささやく」ではないことに注意。

愕然として……これは、わたしの経歴に関わるが、詳記しない。フロイトによれば、マーラーは、妻アルマが老けて見えることを望んでいたそうである。あわれ！

流行の……マーラーにはじまって、セセッションなど世紀末アール・ヌーボオの森をさまよった。風俗のたのしさ。流行に身をゆだねるときの、やましいようなたのしさ。

293 アマデウス……正確にはヴォルフガング・アマデウス・モーツァルトである。このあたりの歌は、すべて、手当り次第の詩想（ブリコラージュ）で連想をたのしんでいるだけだ。「筋しろき肉」「夕ぐれごころ」「全奏（ツッティ）」といった言葉を活かすために作った試作といってもいい。

マーラー死後……むろんアルマ・マーラー夫人のことを言っている。アルマには高名な自伝がある。二十世紀の不幸を象徴するような本である。絢らんたる結婚歴といえようが、結婚は、芸術家とするものじゃない、と呟かなかったか否か。マーラー死後、建築家グロピウスと結婚、やがて離婚。詩人のウェルフェルと結婚。六十六歳で死別。

妹の……妹は、わたしの妹。八歳下。

294 医師として……以下、わかり易い日常作品。わたしは、地方の国立病院につとめる内科医師である。そして、時々、歌をつくるのである。そして、時々子供たちと渥美半島の海岸で砂あそびをする。「核（コア）」といった音のひびきを活かそうとして歌をつくったりするのだ。

公孫樹黄落のときに……豊橋市に移住して七年。近辺に見事な公孫樹並木がある。

295 木の股の……いてふの樹の写生。

湖のへの……「湖」は浜名湖。これは、新幹線で上京して、人に逢いに行く歌だが、別にそうとらなくてもいい。湖のそばの部屋に居るところでもよかろう。要は下の句の歌謡調を出してみたかった。

海神の……夏、青島へ遊んだときの記憶のよみがえった歌。海神は、ひげ面。すさのおも、ポセイドーンも。その髯のさきに浮かぶ一つ島。

九人姉妹の……日常に遭遇した小事件から取材。「未通の皮膚」は「未通女（おとめ）」の意味だが、わたしは、自殺企図者には、事情の如何をとわず同情するのである。

マーラーには難解さはない……マーラーについては、手ごろなところで『マーラー頌』のようなマーラー論集も出ている。ナチズムとの関係一つとったってユダヤ人のマーラーの人生がどんなに複雑だったかがわかるが、彼自身実に風がわりな人物でもあった。難解さは、人物と音楽の不思議な対位法の上にあるようにみえる。

老ばかり……奈良で臨床病理学会があって出かけて行っ

た。東大寺の改修のおわった秋のことで、そんなことと知らないままに行き、すごい人混みにあきれはてた。そういう場所と時をわざと選んで学会をひらく。運営上の利益がからむんだろうが、学問とは無縁の操作だろう。帰路は、京都へ出て新幹線を利用したので、この二首ができた。「気象の声は打ち合ふ」は、はげしい雨風が一時荒れたのを指す。

296 ななめ向く……アルマはグスタフより大きかった。背も横巾も。この歌、うまくできなかった。第三句以下「彼よりも大き女のより添ふあはれ」とすればわかりやすいが、調子が俗になる。

われにいま……父のことは、だんだんわかりにくくなっている。マチニはドライマチニで、父の家へゆくとかならず作ってくれた。お勝手の方へ歩いていく父の足音。マチニ用の洋酒と器やオリーブがなかなか揃わないのを、家政婦に大声で命じている声がきこえる。「知がよろこび」というのは、本当はどうだったかわからない。次の「チェロひきて」は、父が九州大学の学生だった昔、福岡は東公園の近所の下宿先で、チェロに熱中した逸話を、母からきいていた。なんでも、その部屋へ、やくざに追われた芸者がころがりこんだとか。母も、また、へんな話をきかせてくれたものである。

297 わが炎ゆる……旋頭歌は、大てい、短歌のくずれとして、どうしようもなく出来て来た。ところが、出来あがってみると、上下句の対照ばかりが、ぎらぎら目立つ。詩型としては、短歌型式とは、まったく違うもののように、実感しているのである。

6 賛――実に心は熱すれども肉体よわきなり

298 ＊宗教（キリスト教）の一派で終末論的色調の濃い集会に時々参加することがあって、説教者の話にあきては聖書を眼で読んでいたとき、眠れる弟子にむかってのべるイエスの「実に心は……」を拾う。むろん、昔から知っている名句名訳であるが、彼の声は、わたしの頭上にも降ったように思って歓喜した。救われがたい状況は、われらをつかの間の喜悦にさそう。

うしみつに……女の湯に入る音のかそけさをおもっている。草城の句を仲介にして、夜は明けて、次の日が来る。

しぐれ野に……名古屋の某画廊で加納光於展がひらかれ、俳人の馬場駿吉氏からの案内状をたよりに雨の午后、「絵」に逢いに行った。誰一人、人の居ない会場。絵とわたしとのゆっくりした対話。因みに、豊橋から名古屋までは「こだま」三十一分。

299 神田の……ここまで、解説を書いて来たら、たまたま歌誌「未来」五月号がとどいて、若い人が、「歌の解説は書くな。鼻白んでしまう」といった趣旨の忠告を（わたしの『鬼界漂流ノート』にふれて）してくれているので、嬉しくなり、いよいよ熱心に解説を書くことにする。若い人たちを、鼻白ませるのは、いいことである。さて、「神田」は、東京の神田。古本屋街である。あまねく存在する「神」をおもう体験は、学生のとき以来のことだ、と思って、二十世紀末のはなやぐ民衆の中にまじっていた。

這ひあがり……この歌も、次のも、特定の体験から発想したのであろうが、言うところは、残酷な運命についての抒情であり、女対男の、はてしなく、血の匂うたたかいである。

300 広島や……ノオトからまぎれ込んだ一首。夜行車で、在来線をたどって佐世保まで行ったときに、広島を深夜通過したのである。あわい光りに目がさめて、「ヒロシマー」という駅員の声をきいたかきかぬか忘れた。九州へ流浪し、九州から流浪して来たそのキャリアが、わたしのなかのなにかを、はぐくみ育てたにちがいないと思ったのだ。

臨床の……患者を診ている「臨床」医のその折々のひまにクリムト画集をひらく。神田で或る日買って来た、洋書である。画集は、どうも洋書でないと駄目みたいである。金色が赤くなってしまうのだ、わが邦の本では。

しばらくは……解説を要しない。

いや、そうだよ……マーラーの写真。マーラーの戯画による。むろん、そんなことにかかわらず読んでもいい歌。

301 かの人の……「かの人」は誰でもいいのである。このごろ、頭痛を頻発。わたしは、アスピリンという薬が、割と好きである。

源を……わかり易い歌ばかりである。マラソンのことを言ったり、展覧会の絵の話をしたり、歌では亡母のことを歌ったりしている、その関連はどうかといえば、関連は全くない。ただ、わたしの記憶と連想のなかで、（いわば、意識の絵模様として）つながっているだけである。

302 ならびつつ……ハーフ終ってクラブハウスにあがって来た休日ゴルファーたちがテレビを見ているところである。

中村正義展……中村正義は、豊橋出身の日本画家。故人。戦後型の叛逆家。「風雲児」などといわれると、彼の自意識の覚め具合が、かえって、ぼけてしまう。

与へ来し指示……旅に出る前に、あわただしく、うけもちの病人についての「指示」を看護室にのこして来るのである。

303 クリンガー展……マックス・クリンガーのことは、のちの連作にも出てくる。このアール・ヌーボオの版画家の作品からは、画集でみただけだが、決定的な一撃をうけた。それなのに「展も観」ないで引きかえすのだ。

「一すぢの水一すぢの雁の声……」これは誰の句であったろう。もしかして幻の作者のもの？ 下の句は、鳥声に応和し、自然に随順しようとする、かりそめの決意の表明か。

しんしんと……「しんしんと夢みる人の／はつかりのはつかに子規の／髯の顔浮き」と、五・七対五・七の構成。子規について、思いめぐらしていた歳月であった。

学芸会場……豊橋勤労福祉会館というのが、すぐそばにあって、そこで幼稚園の学芸会がひらかれる秋。

病みながら……「鴨」は、誰であろうか。患家であろうか。家族であろうか。実に「心は熱すれども肉体弱」く、すがられながら、すがり合っている人間存在。

7　噂の大魚

304 ＊山埜井喜美枝さんが、「飈」という同人誌を出すというので、その創刊号のために、この童話詩を書いた。一九七〇年十一月に、響灘沿岸の寒村にすみついたころのことは、『茂吉の歌私記』にも『慰藉論』にも、いくらかふれるところがあった。後に、古代日本人のポセイドン「阿知女」が、そのあたりの海に棲んでいたのを、折口信夫の著作から知って、うれしがったのである。

「虚には希という伴侶」云々は、むろん、歔欷の声にかけてある。わが「女友達」は、あのころ、それはそれはよく泣いたので、わたしもしばしば、そのかたわらで号泣したほどであった。

306 K大附属……九州大学は、わが父の母校であった。また、わたしの九州在住の三年半、九大出身の諸先生の刺激によって日々を生きのびたのであった。

なまぐさき……変な水族館だが、なかなか広いのである。父の意を体してわたし方をおとずれた弟と、一二度、この水族館へ行ったことがある。お互いに、金銭のことにはふれたくないので、魚ばかりみていたのである。今にして思うが、人間は「土地」などを残してはいけない。美田を買うのは、かえって子孫のためにならないのである。

307 山ごしの……すこし甘い歌である。「愛は償なふ」とは、このあわれな、山村の生活にすら、その代償として愛があるではないか、というのである。

あかがねの……日焼けした漁婦たちが、よく訪ねて来た。見知らぬ土地に棲むということは、そこの風俗習慣になれしたしむことであった。この歌は、物語に結末をつけようとして、無理につくった気味がある。おびえながら、その土地に親しもうとしていた、わたしたちの気分を幾らかでも反映していれば、それでいいのである。M・クリンガーについては、前にのべた。

8 一月五日のためのコンポジション

308 ＊一月五日はわたしの誕生日だが、正月のせいで、ほとんど無視されている。それでいいのである。後に、叔母が、たしかタカちゃんは十二月三十日かなんかに生まれ、年末多忙の折から大へんだった、と話すのをきき、父母のはからいを知った。いうまでもなく、年が改まれば一歳年をとる昔の風習の故だったのである。しかし、それを知ってから、いよいよ、わが誕生日意識は、虚構めいて来た。この一篇は、ある年の歳末から一月五日までに書きとめたノートから構成した。

信濃へは……家族をつれて休みごとに信州松本へ行く習いである。

蒼穹は……冬のある日信濃路の夕空に対している。濃厚な蜜のような雲が斜めに流れているところである。下の句は、歳月の推移によって、人の心がゆっくりと変っていくさまを嘆いているのであろうか。と、そんな風にも解釈される。この一篇の〈信州論〉の序奏である。

淡雪の……毎年のように、歳末の無理がたたって、感冒のなおり切らない体のまま信州入りをする。

309 長野県に……まだ九州に居たころ、名古屋の母が病んだので、なるべく近いところへ帰ることにした。長野市まで足をのばして、旧知の清原日出夫と会って、県立病院の事情をきいたことがあった。この話は、別の筋から反対が出て実現しなかったのである。

昼をゆく……どこの風景でもいいのだが、塩尻から東京へむかって走る「あずさ」の、向って左手の車窓風景であった。山は、むろん、枯れつくした木々と雪である。

かくのごと……松本駅まで「送って来た女」は、なおしばらく、子供たちと、その祖父母の家に休暇をすごす。わたしは一人、東京経由で、勤め先へ帰らなければならない。だまってホームに立っている二人のあいだに雪が降る。

310 ま直ぐなる……この歌は、むしろ、木曽谷をへて中部信州へ入ったときの印象を、おもいおこしている。

〈ちちのみの〉……島木赤彦は、信州諏訪の人。この歌は、斎藤茂吉が、ヨーロッパ留学を終えて帰国するときに、茂吉の心境をおもいやって作った歌。茂吉は、実父の死を、ヨーロッパに居て知らされた。ところで、わたしは、わたしの子供たちに遂に会うことのなかった亡父のことを憶い出していた。

幼童と……技術的には、ぎこちない歌。上の句が事柄の説明に終始している。よほど、この事実に執着していたと見える。

引き具して……以下二首は、幼童を連れて犬山市の動物園へ行った歳末のメモランダム。

311 誰も居ぬ……一人で、家族のいない官舎に起き伏ししている数日。例年なら、父の家へ一日か二日行くのだが、その父も、もう亡い。

ヤッケ着て……わたしは冬の中央線を占拠するスキー風俗が好きでない。

312 だんだんと……中央東線にのって東京へ出る。東京に「約束」があって、四五人の男女が、わたしを待っている。席がなく、八王子まで立ち続けた。信州松本、甲州猿橋、武州小金井と、沿線はすべて、わたしの半生の記憶につながる。しかし、その「縁こえて寄る思ひ」を誰に告ぐべくもないのである。

朝、獅子と……このころ、ある宗教家が毎週一度、来てくれて、聖書について議論した。神と、その救済の論理も、この連作歌篇のすべてを貫く、かげの主題であった。
313 一枚の……車窓からの、信州の谷田のスケッチである。このあと、同趣の歌が続いている。
床は銀の間に……夢の記載である。わたしは、時々、みた夢をノートに書いておくくせがあった。

あはあはと……アハアハと、である。笑い声の擬声。でき損った歌である。東京で会った人たちとの会話から取ったのであろう。「あはあはと笑ふ／批評をわらふ声／」と切るつもりだが、とても無理であろう。信州論のしめくくりにしては、緊張を欠く。いろいろ、きびしい批評が（わたしの生きざまに対して）出ている。その批評に対して「あはあはと」力なく笑ってすましている。しかし、それも結局は、人々の「拒否」に会うのである。

9 如月に捧ぐ

＊五つの節に分けてみた。このほうが、主題の展開は、やさしくなるようだ。
314 軍……防衛論議の行きつくところは、兵制論になろう。武器は、銃剣でも水爆でもそれを扱う専門職の人間が居てこそ、はじめて武器だろうからだ。軍論は、如月の空気によく合うというべきか。このあたりの歌は、すべてわかりやすい。「南天に」「宵こそは」のような歌は、軍論とは直接かかわりのない抒情である。
316 人事……東京には権力者がいて、それはどの世界にもいる。わたしの恩人筋にあたる誰れかれの進退にからんで、小事件が起きて、田舎棲まいのわたしまで、その解決のためによばれて行ったことがある。信州松本から「あずさ」にのって「とりがなく東の国」へ行ったのは、この時であった。
〈周粟(しゅうぞく)を食むな〉……昭和五十五年秋に熊本で現代短歌シンポジウムが開かれ、わたしは滝沢亘について話した。しかし、「周粟を食」みたがるのは、歌人だけではない。周粟は、なかなか美味(うま)いのである。

喘鳴の……詞書の「瀕死の雨期」を受けて、病者と一つ屋根の下にねている日常の一端を写した。「夢」は、その「人事」にかかわる夢としておいてもいいだろう。

317 グスタフ・クリムト賛……このころ、クリムトに熱中。東京、伊勢丹デパートで開かれた（評判倒れの）クリムト展を見に行く。

君の画く……「君」は、クリムトのこと。

わが友の……熊本のシンポジウムの時、一しょに講演した塚本氏と、あわただしく話しをした。なぜなら塚本氏は、そのあと鹿児島へ行く用事をもっていたからである。氏はクリムトについては、否定的であった。

キューピック・パズル……正確にはルービック・パズルというべきだろうが、いつもながら流行現象の推移は、見ていて興味がつきない。伊勢丹では「入荷」したその玩具に、朝早くから人々が列をつくっていた。

押し伏せて……以下、性のイメージは、クリムトに触発された、いくつかの場面の記憶。

318 実に、この二月……前年の冬の寒気と湿気が、父の感冒をつのらせ、やがて、脳血栓の引き金になったのであった。このあたりの詞書は、連想をたのしんでいるので、解説するべきではない。

319 荒闇といふは……わたし自身は、こういう歌が気に入っている。

弱酸の……炭酸水のこと。グスタフ・クリムトからエゴン・シーレへ。この師弟関係のふかい示唆。「シーレに遊ぶ」とすべきか。

芹を摘む……子規の『俳句分類』を読んでいて、古句を拾ったのである。九州にいたころ毎年芹を摘んだ。古賀さんは病院の職員で、芹摘みの先達であった。九州には、こゞくのある人物が、なん人も居た。

夕まぐれ……「油」は燈油。

320 十両に……以下二首は初場所の話題から拾ったものと見える。相撲は、野球より、歌になりやすいスポーツである。「はなやかに」は、多分、若乃花だろう。

これだよ……「こころの底ゆ嫉むことなし」を指す。

むらさきの……小さな病院だが、たえまなく大小の会議がある。たとえ、臨床検査法の改新一つでも稟議がいる。「代案」に色があるわけもないが、代案あるいは対案は、つねに用意されねばならない。

寒鴨の……歌の形をとっている。三河湾で撃ったといって、だれかが届けてくれたのを、結局、料理しきれなくて、専門職の人にたのんだのであった。

能登鰤の……自意識は、たえず、他者のみるところとは喰い違うのであるが、一九七〇年、九州へ流浪して、そののちふたたび、人々のあいだにまじって歌をつくるようになるまで、わたしはつねに、「晒刑」に遭っていると感じていた。いっそ「斬」にあった方が、楽かも知れない、などと。

321 トライアングル……恣意によるタイトル。クリムトと、日常と、軍論とを、かろうじてここへ結びつけた。「詩法のトライアングル」は、『近藤芳美と戦後世界』という本を作ってもらったとき、古明地実氏の司会で、田井安曇氏と対談し巻末にのせた、あの中に出てくる。

つきまとひたる……うまくまとまらなかった作品。「つきまとひくる泣声を説きふせて」とすべきか。瀕死の患者の家族との会話。この世は「わけのわからぬ疾患」にみちている。

夜半に立つ……「夜半に立つ剖検室は」とすべきか迷う。病理解剖のために、夜半、よび出されて行く。「此の老」は、むろん死者のこと。この年も、その前年も、暖冬が一転して厳冬となり、多くの老人を死に追いやった。

ふるさとと……愛知県芸術文化選奨文化賞という長い名の賞の受賞が、このころ内定。

322 父の妻……「父の妻／すなはちははそ／はの母は」とよめば、音数律上短歌になる。

車内楽……自家用車のカセット音楽である。「歌人」とわが名呼ばれむ。これも受賞風景のひとつ。大ていの略歴は「医師・歌人」と書き、また「歌人・医師」と書くのである。

10 古代遠望集

＊八木忠栄さんのすすめで、「現代詩手帖」に載せた作品。現代詩の雑誌であるから、そのことを多少意識している。後に出てくる「パウロ」も同じである。数年前から「短歌研究」に「古代詩遠望」（「前衛短歌の問題」）を書いている。古代歌謡や万葉集を手さぐりしながら書いている。その副産物のような作品というべきか。わたしの予定では、あと、ギリシャ悲劇のオイディープスと、中国の孔子を材料にして「古代遠望集」をまとめるつもりだったのだが、いつものことで、詩歌は計画どおりゆくわけはない。空想をたのしんでいるだけでいいのだ。

323 大函の……「勝ちがたきたたかひ敗れて大函のごとき世界に朝光は来つ」という代案につき迷っている。だけど、結局、どっちでもいいのであろう。「勝ちがたきたたかひ」とは、わたしの日々の謂。「大函のごとき世界」は、直覚的な比喩である。

イラストが……抽象化した表現であるから、なにをおもいうかべるのも自由だが、わたしは「歌」そのものを定義したつもりであった。

なかんづく……わが父母すなわち子供たちには祖父母の「国」と、童児たちとを、たえず対比させて見ていた。

「昆虫愛」は、もうこの小さい連中にも芽生えている。カイヨワの蝶の本から触発されて自分の幼時体験を反芻していた。

324 習俗へ……この世の「習俗」という柱をめぐって、無数の蜂がとびかっている。「習俗」を殺そうとしている、はかない毒針は、わたしの焦慮を象徴するものかもしれない。「習俗」は、それほどまでに強いのである。

鹿の調べに寄せて……古代の鹿の伝承の一件が、詞書を流れていく。他方、歌は、わたしと亡父との関係歌、わたしの日常嘱目の詠草を、こまぎれにつないでいる。

「信長が来た」などと同じ形式。「クルツヒと訓みし」(326頁) 以下のいくつかの歌は、しかし、詞書に引きずられて、古代詩注解風に、なだれている。

326 まのあたり……ここからは、男女の心性の対比、なかんずく、嫉妬心の狂気にいたる現実をかたわらに置いて発想した。

327 朝がたの……これは「聞きのがしたる朝がたの一ふしの」と改稿できるが、いずれにせよ、ひとりよがりの歌で、どうか、よみ捨てられたい。

まほろしを……わたしの棲んでいる家の西は、広大な野菜畑で、その向うは港である。夕空は、さえぎるもののない広さであるから、どのような幻も、そこに吊ることができる。

328 眼前に……この歌の上の句と下の句は、どうしても、うまく合わないところがあり、それだからこそ強引に結び合わせてみたのだが……。いずれにせよ「見据うるは」で一たん切れるのだ。

11　遊戯人の憂愁

＊さしたるテーマのない、雑歌集である。

330 人嬬の……「つのぐめや蘆」は、古事記冒頭部参照。性器など連想なさらぬように。入沢康夫、佐佐木幸綱両氏と「古事記」について座談会をした（「現代詩手帖」）のは、このすこし前か。

大硝子窓……「あつき日は」の意。南側病室の陽差しは、冬さえあついほどだ。ここから、次の詞書を踏台にして、海辺の遊びへとつながっていくあたりは、次第に「遊戯」の気分、軽快で浅薄な日常の反映が、連作の「うらがえしのテーマ」を奏ではじめている。だから、連作は、すでに作ってある歌を並べながら、その中へ誘発されてできた新しい歌を、はめ込む作業でもある。

331 天心に……凪である。

蛇は真黒な……海辺にある小動物園。

332 あづさゆみ……「毛物」は獣。人間のことである、とわざわざ言うべきだろうか。

あるディメンジョン……作品論は、この章のはじめから出ていた。

朝飯の……誰の死でもいいが、この場合は、患者の死である。

〈草の葉に……〉千代国一の歌集は『現代短歌全集』の解説を書くために読んだ。

水の下に……以下二首は、名古屋東山動物園の嘱目。このごろの若い歌人たちの知らない愉しみだが、わたしは、こういうデッサンをノートに書くくせを若年時の「徒弟時代」に覚えた。

333 黄色の……本当は、けものが動いているのである。

カフェ・オ・レが入れたくって作った。

昼の庭は……デッサンだが、自分では結句が気に入っている。

「古代の戦争の」……ホイジンハのこの本も、戦争論として読める。戦争について、軍について、防衛について、八十歳ちかい老父と、なんども論じあったが、どうも、いつも、双方とも、自分の声に酔っていたようだ。

334 二月廿一日……県文化賞の式が、名古屋であって、出かけた。式のあと、動物園へ行ったとわかる。歌の形だから歴史仮名遣いにしたのだが、詞書は（散文だから）現代仮名遣いを旨とした。どうも統一がないといわれば、そのとおりだ。

雲殖ゆる……カイヨワの遊びの分類、アゴーン（闘争）イリンクス（眩暈）ミミクリイ（模倣）は便利なので、受賞記念の講演をせよといわれた時も、その話しをした。病院の職員同僚たちに、したのである。

十年、劇画に……だれでも過去は美しくかざりたがるものだが、七十年代前半までの劇画界は、充実していたといっていいのではないか。

志が死んで……故村上一郎が生きていたら、なげくであろうような境界へ、わたしたちも歌も漂い寄っている。

取材して……これも、受賞後の風景。各紙の社会部の記者が来て、とまどいながら取材していった。なお「取材」という言葉は、実に便利だが、好きでない言葉の一つ。

335 鳥羽を出でて……父と旅行したことはないのに、こんな歌がある。「閲歴」は、どうしても、父のそれでないと合わないのに。

336 真夜中にありし……病院所見。

旅にして……次の「エタノール」と共に軽い歌。「瀉剤」とか「エタノール」とかいった単語を活かそうとして、失敗している。

12 荒野にありし頃

*正岡子規小論をたて糸にし、当時崩壊寸前にあった一つの《擬制家族》の、家長の感情生活をよこ糸にして織った。わたしとしては、奈落の底をさまよった記念すべき一篇だが、他の人には、そうは見えないであろう。塚本邦雄だけは、おそるべき直観で見ぬいていたようだ。

337 分類はいよよこまかに……呼吸器病学も、日進月歩で、肺病変の分類も細分化している。ネガで雪華状の肺は、「雪降る」と表現するがごとしである。

〈癌に死ぬ手記を〉……昔の友人崎村久夫（秋村功）がアメリカのジャーナリストの闘病手記を訳している。おそろしく知的な患者の手記で、これでは医者もやり切れない。

338 聖書は、……聖書の中心に、神・イエス・聖霊の三者をどう解くかという、気の重い問題があることは知っていたが、これをつきつけられると答えに窮する。

いひがたき……「いひがたき」ところをあえて「言にぞ言ひし」なのである。わたしは、家長としての自分の無能にあきれはてていた。

〈荒野〉は……子規の明治二十八年（日清従軍）が一つの〈荒野〉彷徨だったのはたしかだが、上京以前の松山に、もう一つの神の試ろみの時があったのではないかと予想している。

339 むなしさの……「茅場・竪川」は、子規の門人伊藤のすんでいた所。左千夫は、歩いて子規庵に通ったのであるから、夜半すぎまで子規の家に居て帰ると、家につくころ、あけ方の乳しぼり（左千夫は牛舎をやっていた）の時間になるなどと、どこかで読む。すると、地図を出して来て、直線距離をはかり、道筋を空想するのである。

左千夫がり……子規は、周知のように、脊椎カリエスで足が立たなかった。

やまひある……病院内では、歩行練習中の病人や、散歩中の病人のうしろから、近づいていくことが、よくある。「挨拶の言葉」を心にもって近づいていく。

むらさきの……この歌を、塚本邦雄はとりあげて批評したのである。〈擬制〉とは、制度の側からそうよんでいるだけのことであるが、それは重い。実に重い。

340 ヨカナーン……ワイルドの戯曲『サロメ』から。ヨカナーンは洗礼者ヨハネ。ビアズレーの画集に溺れていたのも、このころである。世紀末芸術の表層を通過したにすぎないが、この主題もまた、マーラー以後、底流している。子規も、また、日本の世紀末芸術家の一人かと思っていた。

〈「去年の春」〉……前年には、子規には藤を見にゆく体力があった。その「偶然」の機会に支えられて、有名な「藤の花」の一連（『墨汁一滴』）はでき上ったのだ。

341 〈その窓の〉……病棟の外に桃の小林がある。

ぎりぎりの……体力の限界にきて働らいているな、とおもうことがある。そういう人は医療関係者にも多いし、患者の家族の側にも多い。

行方なき……「運命」というような大げさで、あいまいな言葉は、なるだけ使いたくないのであるが、茫然と手をつかねていると、大きな流れの中へすくいとられていく自分を感ずる。このころ、過労のどん底に居たとおぼしい。

342 藍いろの……「藍いろの闇は木立の木の末と溶け合

ひながらはや寒からね」とすべきであろうか。

もう一度……「荒野」のサターンの試みとは、真実のところなになのだと、どんなにいら立たしく自問したことだろう。わたしは、わたしのサターンと、くりかえし問答していた。ただし、思想史に見るような重い問答ではない。軽く、あわく、メフィストの尻っぽを眺めながらであった。

343 東京は九段の桜……九段下のホテルにとまって仕事をすることが多かった。

344 似つかはしからぬ……自画像とうけとってもらっていい。

うちまぎれゆく……トマト・ジュースが好きになったのも九州のこと。

ささやぎ合ひ……実にさびしい、つきつめた歌なのであるが、そうは見えないように作ってある。今、こうして〈擬制〉家族がささやきあって朝飯をたべている、この充実した小現実も、幾年かたってふりかえってみれば、どんなふうに思えてくるであろうか、というのである。

13 過ぎゆく島山

*二つの旅が、逆順で入っている。もうこのころは、槐太やマーラーを論じていたときのような余裕は失なわれていた。

345 〈伊那北を〉……豊橋から松本へ行く自動車道路は、東名高速、中央自動車道路と行き「伊那北」インターチェンジで一般道路に「下り」る。辰野をへて塩尻へ出る、あの旧い街道沿いの風景は、忘れがたく母郷的である。夏草の鉄路……飯田線、そして中央東線である。たわいなく嬉しくなる貨車の走行。それを見ながら、平行して道路を走る。

一家族模擬「流浪の旅」……もうこれが最後の家族旅行かも知れないと思っていた。連休を利用して、ぶらりと四国へ。切符も宿屋も行き当りばったりの旅に慣れて来ている。小豆島のオリーブ。栗林公園の松。屋島の春蟬。夜おそく、帰宅したら電話があって、松本の「おじいちゃん」危篤というではないか。すぐに用意して全員をボロ車に積んで出発したのである。天あるいは万軍の主ヤーウェのはからいは、どこに働らいているか、わかったものではない。

ぎくしやくと……だから、これは、先行するもう一つの旅の記憶である。

〈ほととぎす〉……これは子規発見の旅の宿駅の一つに泊って見た夢。
346 わたしは……以下「差別」論詞書。さまざまの形で「差別」されて来たことが、わが生のきしみ。
かなしさは……七十年の流謫の最初、福岡県のみぞれふる寒村は、毛布のほか暖房器を持たなかった。当然のむくいであったろう。二人で「一つ毛布にくるま」るのであったろう。

いま鳴ってゐる……蛇はサターンの使い。「あさましき楽音」だからこそ、こたえられない愉しさだといっていい。

息しろき……「否」と思ったが、実は間に合ったし、「汝が父」は緊急手術が成功してよみがえった。
347 鳴りいでて……せっぱつまった状況下にあっても、慰藉の方法は、男女で違う。これを年齢差による、と言いかえることの正否は知らないが。
照らす日も……小豆島一景。
348 しづかに牧師は怒り……父の死後一年が経って、記念式が行なわれた。たった一年だけなのに、変っていく人の心。
独り寝る……家族が居るのに「独り寝る」はおかしいか、おかしくないと思う。下の句は、自分で気に入っている。

クリンガー展……札幌でひらかれた。行きたかったが、電話でたのんで、かわりに、菱川（善夫）夫人――彼女は画家――に行ってもらった。カタログを送ってもらって、いくつかの感想をメモした。

ただ一夜……クリンガー風の幻想といっていいかも。詞書風の歌〈暗き実と〉に連らなるあたりは、連作の呼吸。

「知の集簇」という言葉は、流行の「知」という言葉を使いたくて考えたのであろうが――言いかえれば、男性の慰藉は知にあり、女性のそれは情にあるとも言い替えうる。

戒律の……ニヒリズムがわたしを占拠していた。
349 〈胃をきりて〉……松本の老人もまた、胃を切ってよみがえった。信州の田に満つる水、おそい代かき。
350 なにひとつ……こんな感想も、旅中しばしば来た。
地上の一切がもろいのだ、と。

買ひくるる……衝動的に作られたこういう歌もある。「干潟の覚悟」というのが難解か。満潮を待っている時の、失意と不遇の時代の思いは、実にいろいろの生き方を教える。

午ちかき……勤務先の病院は、目と鼻の先に立っているので、「午ちかきころの帰宅」は即ち昼餉時。下の句に小発見があると思って、よろこんだ。

両の手に……スーパーマーケットの紙袋である。

351 〈春蟬は……〉……屋島風景点描。平家物語を携えて行った旅。

深き夜を……この種の診療風景の歌も、今まで、たくさん作って来た。このころの歌の方が、淡彩になった。描線はしっかりして来たと自賛している。自注だから、このぐらいは言ってもいいだろう。

雨雲の……小豆島は雨と雲の中の観光であったが、わたしは、しばしば「古事記」や「風土記」を想い出した。

352 堪ふべき……旅行記の中へ、こういう診療譚が混入してくる。不協和音がまじらないと、現代の連作はしまらないと頑固に信じているのだ。

ふかき藍……この謎めいた歌は、旅中にも、また、日常にも、大そう危ういところを歩きつつある父母のための「使者」として、幼児がうごいている。あるときは紺の、あるときは緑の衣を着て。そんな風の歌である。他者の理解を、あえて望まない歌だって、あるのである。

14 あじさいの夢に憑かれて

＊雑誌「短歌」に一年間連載した、その最終回である。ノートに書きためてあった散文詩の残りを、ほぼ、全部、ここで手放したことになった。信長は、わたしの一度書きたかった男であった。「信長が来た」に対応する作品群である。

353 難病の人よ……ある種の患者は、とくに子を持った女の患者は、心のそこから「あわれ」を感じさせることがある。そういう人は、また、けなげに病気とたたかっていて敗北している。

一語一語……「声あらげて」は、わたし自身のこと。人類という生物。たとえば決して自分の背中を見ることのできない身体構造。

あぢさゐは……「せばめて」「視つめて」の重複は欠陥であるが、あらためようとしなかった。じだらくな作歌。

354 曇り日の……たぶん、源実朝にかかわり「吾妻鏡」にかかわる。読書の産物。難病の人とは、ほとんど関係ない歌。

股をおほふ……これも、別の意味で、無関係な歌を、投入して、難病の人の不幸を、きわ立たせようとした。「股をおほふ紫あはき」は説明するまでもないであろう。股をおおう布である。

355 ひんやりと……どこの風景でもいいが、この場合は、わが家の生垣の外に数日置いてあった、戦前風の、いかにもがっしりした24インチ。大きくてごつい荷台。ある日、ふっと消えていった。そういえば、女友達の自転車から、この連載稿は、はじまっていた。

右耳を……へんな歌だが愛着がある。上の句は、適当に解釈されてよい。

わが待つは……児を歌ったとも、子の母を唄ったとも、自由にうけとられたい。

〈さを鹿の〉……折しも、米空母ミッドウェー入港し、核兵器の有無が大きな争点となる。国際政治は詩よりも虚構をこのむようである。積んでるにきまってるじゃん。こういう議論になると、きまって、亡父が想われる。防衛論ってのは、父性の話題なんだよ、な。

356 一隻の……下の句は、いわば、判断保留のおもむき。

寂かなる……角川春樹句集『カエサルの地』をよみ、感動した。感動をしてはいけないという人が居るので更に感銘。

信長……㈠㈡ともに、詞書だけを拾ってよめば、「信長」という散文詩になる。それでは、詩人のすることと同じなので面白からず、間隙に、定型生活詩の汗をたらり、たあらりと滴下して反応を見たのである。

357 暫く……しばらくだったなあ、という挨拶とも、しばらく待ってくれ、という弁解の言葉ともとれる。こんな人との出逢いもある。父の死の前後、旧知旧友親類縁者つどうこと数知れず。

いくそたび……罰は、神（天）がくだすものと知っている。社会（世）は、さだめし、神（天）にかわりて不義を撃っているつもりなのであろう。「蜻蛉」は、カゲロウとよませるつもりではなく、セイレイとよみたいのであった。

八十年……これは父のこと。むしろ、(5)の「挨拶」の中に置くべきところ。場所をまちがえている。

大臼歯……久しぶりに歯科治療に通いはじめたのは、この連載の直後だったか。若いころ逢って、当方の潔癖のため許せなかった人を、脈絡もなく想い出している。老の徴候というべきであろう。

358 北から……こうしてみるとわたしの詩には谷川雁の影響がつよいようである。

歩み来て……奈良の話は、マーラーの時に自注した。母と一しょに行った唯一の旅行が奈良であった。学齢期前、父の会社の社員家族旅行だった。

おびただしき……病院一景。わたしは内科医だが、研究検査科の責任者も兼ねている。平素、技師諸氏と接する機会も、すくなくない。手仕事はいい。手仕事からはなれる管理職は、さびしい哉。

359 古代詩を……成瀬有、秋山実らと同行したのは、前に注記した。「たらたらと」の歌も、そのつながりで、伊吹山を下るやまとたけるである。ここから、「東京は」までの詞書・歌ともに、一たん信長ばなれをしている。

東京は……現代短歌を評論する会（片山貞美肝いりの会）へ、篠弘氏と一しょに出て話しをした。

〈家康を〉……これは信長ではなく、秀吉のあやまちだったろう。

360 〈土岐は今〉……わたしが小学校高学年になって新聞なるものを読みはじめたころ、吉川英治の「宮本武蔵」の朝日の大連載が終ろうとしていた。そして、「新書太閤記」がはじまった。吉川文学の影響は、わたしたちぐらいの年代のものには、意外と深い。

挨拶……諸方面への。父からわたしたちへの。

巣燕を見し……松本の「おじいちゃん」の大病を境にして、すこしずつ、わたしあるいはわたしたちは、立ち直ったように思えた。すこしずつ、確実に。まだ暗いが、闇ではなくなっていた。

みまかりし……この、ぶきっちょな歌をしめくくりにもって来たのは、わたしから、亡父への、これも「挨拶」。

15 パウロ――古代遠望集のうち

＊東歌が、なぜ、万葉集巻十四にあつめられて、特殊の

中の特殊の相を示すのか。由来、この問いは、多くの古代学者を興奮させた。古代学者ではない人間が、この永遠の謎にいどむとしたら、自分の体験の刃で截る外ない。近くはこの一年、わたしを苦しめたパウロ教（原始キリスト教）の体験も、刃たりうる。和歌とは、一人の詩徒の東国伝道の教理であった。その時キリスト視されたのが、柿本人麻呂でなかったと誰が言い切れようか。東歌は、詩徒パウロのあつめた、教徒たちの帰属のしるしであった。というような、異説を、申しのべてみたのだ。

361 虫類に……夏になると、家中が昆虫館になる。時に瓜を与える役回りになる。午前中一ぱい仕事して、しかも、午後は早く他処へ行く約束。そうした日常。

362 鍋に水……夕方の厨房に立つ。しかし考えごとにとらわれていて茫々。空と一しょに、おのれ自らも暮れてゆきたい。

あけぼのは……古代詩遠望の一こま。はゆまうまやの音韻をたのしむべく。

363 〈夏麻引く〉……「夏麻引く」は枕詞。海上潟は、今の銚子市西方の海上郡。「海上潟の沖の洲にこの舟はとめよう。（気がついてみると）すっかり夜が更けている。」（「日本古典文学大系」による）

鞭はなほ……わたしは、この年六月に、ある決意をして、四半世紀前に生じた案件の解決のため努力を傾けはじめた。九月八日は、旧い責（せめ）を引きうけ取り除くための最初の試行の日であった。これらの抒情は、東歌成立論と、なんのかかわりがあろうか。しかも、わたしは、つねに、地理の当然として、つねに、西から東へ、出かけねばならなかった。

364 ある会合にて……一九八一年現代短歌シンポジウムは名古屋において、八月一日二日の両日ひらかれ「中の会」の人たちのなかで、わたしも働らいた。多くの人に会ったが、なかには、きついことをおっしゃる女子衆も居（お）られて、即ち「微笑はつね敵意の衣」。むろん、わたしの「微笑」も、また。

近づきて……今、ふりかえるに、記憶はすべて茫々として、「近づきて」伝えた相手が誰だったのか、「列の後方」で何を買ったのか、「巨いなる寂しさの尾を踏」んだつもりになったのは、会合のいつの昼、いつの夜だったのか、忘れてしまった。「君の名はたしか頼家」は、この会合に前後して、実朝兄弟の話を「歴史読本」に書いたので、その反映ならむ。わたしは長子頼家に、いたく同情的である。「東して来りし人」は、関西以西の誰かさんであったろう。

365 折れ曲る……「現代詩手帖」という舞台の故もあって、詞書を長く、歌をすくなく散らしている。これも一法か。「辺境の」の「汝」は、共生している女を指すと思いたい。

いくたびとなく……風俗歌についていいつつ、おのれの生に言葉を投げている。「足柄のをてもこのもに」の歌は、「足柄山のあちこちにしかけるワナの、騒がしい間をこっそりと、少女子と私は紐を解く」（「日本古典文学大系」）と解いている。「あが恋はまさかもかなし草枕多胡の入野のおくもかなしも」は「おく」を「遠い将来」と解すれば、恋の不安であり、時間の不定性のなげきであって、現代のわたしどもに通ずる。

366 近づきて……詩型も、また、武器であると気づくまで、長い彷徨であった。

皇また……「また」の音が二度使われている。人間を崇拝するのは、いけない。しかるに、崇拝したい欲求は止まない。

鎮魂と……むつかしい歌である。鎮魂とか、「屈従」の姿勢とか、には、やはり権力の側のせせり出てくる隙があって、「性」のような野放図さは、截り捨てられる。宗教の残酷さは、そこにも在る。

16 私――自画像のモチーフによる

*ほとんど、注解を要しない一連である。作ったのは、「パウロ」よりも早く雑誌「アルカディア」に載せた。「岡井隆の現在（岡井隆とは何か）」という特集号であった。

371 吉祥寺……井の頭線の沿線に、当時女は棲み、わたしは、やわらかい髪をもてあましたのである。

372 「見事な作品には」……アランの言葉。

373 「雨粒の」……妊婦が風疹にかかると、とくに妊娠初期には、奇形児のうまれる確率が、有意の差をもって高いといわれている。

『人生の視える場所』あとがき

一九八〇年（昭和五十五年）八月号から、翌一九八一年七月号まで、雑誌「短歌」（角川書店）に連載した作品「人生の視える場所」を中心にして、ほぼ同時期の制作にかかわる数篇を合わせた。この作品は、短歌作品の連載という、見なれないこころみであったためもあって、連載開始間もなくから、話題にのぼりたちまち書きにくくなった。もっとも、わたしは、もう、あまり、評判を気にしない年齢になっている。

自注を、かなりくわしく書いたが、詩歌入門者以外には、じゃまなおしゃべりであろうから、識者は、どうか、よみとばしていただきたい。

いつもながら、仕事がおそくて、桜の前に出る予定の本が、あじさいの候まで、ずれ込んだ気配である。

秋山実、鈴木豊一、八木忠栄、山埜井喜美枝、「アルカディア」の四人の編集者。これらの諸氏の厚意に、あらためて、あつくお礼を申しあげる。

一九八二年四月二十八日

岡井隆識

『禁忌と好色』方法的自註

1

方法あるいは方法論は科学や哲学の用語である。もしも、文芸に方法があり、方法論が成り立つとしたら、それはなにであろう。

「女人に礼を」という、この本の巻頭の五首は、一応、同じような顔をして並んでいる。しかし、おのおの出生の時期も事情もちがう作品たちである。それを、依頼によって、この順序にならべたのは、僕の恣意である。

だが、なぜこの順序なのか、僕にも正確にはわからない。順序に①②③④⑤と番号をふって考えると、②は③のあとでもいいともいえる。「父のいのちの過ぎむあかつき」とあるのは父の死（一九八〇年五月六日）の前後の制作にかかわることを示している。しかし、鯉が主題であって、父の死は、かくれた主題であるから、この順序は、妥当なのである。鯉のぼりの鯉（①③）と、ある女人が抱いて持って来た生きている鯉（④⑤）。この両種の鯉の対比が、この順序を決定している。

鯉の生き血が病気に効くというので、祖母の死のまぎわに出入りの植木職の人が持って来たことがあった。昭和も十年代のことである。母は卒倒せんばかりにいやがった。そんなことが、直ちに想い出される。これは、いま、想い出されるということであって、これらの歌の成立とは関わりなさそうであるが、意識下ではどうか知らぬ。

方法意識が、これらの歌を導き出したのか。そうではない。方法意識を消すことが、僕のこのごろの念願なのである。『鵞卵亭』以来七年少々のあいだ、方法意識は、こころの底へしずめることにして来た。「無意識」が、方法であるといってもよかった。

父の死を中心に置いて、そのめぐりに、二種類の鯉を周遊させること。これが漠然と思いうかぶ（この一連の）「方法」である。このぐらいの大まかな方法意識なら、もう意識というより、意識下と意識上を出没する想念の影のようなものであろう。フロイトならこれを「前意識」とよんだかも知れない。この程度に漠然とした想念こそが、短歌の「方法」に似つかわしい。

2

アリエティという精神医学者が「創造性開発の必要条件」について、書いている（「意識下の世界」志貴春彦、『講座現代の哲学』第四巻)。

第一は、「一人でいること (aloneness)」である。「一人でいる人間は、社会からの日常的な刺激にさらされることがない。彼は、自分の内的自己に耳を傾け、内的資源と接触することができる。」この「一人でいること」は、「孤独」「孤立」とはちがって、「周期的に数時間一人になることができるというほどの意味にすぎない」と注記してある。

この歌集の期間を通じて、僕には「周期的に数時間一人になる」機会は、(狙って狙って狙いぬくのだけれども)容易には得られない。せっかく田舎棲まいをしているのだが、家族は殖え続け、地域との接触も増大していく。家族のなかへ、からだごと溶けて行きながら、歌を書くということは、微笑を凍(こお)らせることである。困難そして困難！ 方法は、ここを打開する〈方法〉でもあった。

アリエティのいう二番目は、「何もしないこと」すなわち無為である。これも、むつかしい条件である。僕は「外面的な仕事」として、ある病院に勤務し、二三の地域機関に奉仕している。ぼんやりと内面だけを駆けめぐる精神の時間はきわめてすくない。「内的資源」はつねに涸渇しつづける。それを避けるためには遊びがあるだけだ。

アリエティ法則の第三。「白昼夢にふけること」。これは、経験豊富である。僕は、たえず day-dreamer である。遠い学生のころからそうであった。高校生のころ、はっと気がつくと三時間ぐらい白昼夢を見つづけていたことはざらであった。

第四則。「過去の外傷性葛藤を思い出し心のなかで再現してみること」。女との葛藤、そして父との葛藤。それは、いま、「禁忌」ということばで、この本に登場して来る。「創造的人間の外傷性・神経症性葛藤は、解決されるべきであるが、解決後無視されてはならない。」といわれる。たとえば、死によって解かれた「禁忌」は、しかし、その人の死ののちも、ふかくわが精神領野を支配する影となってのこり、かつての禁忌をおもいおこさせるのである。

第五則以下を略して、ここから、各作品群に短い注を付けていく。

3

時の徴。「時」は神学的にいえば、終末の日である。「徴」は、その時に天地にあらわれる神の審判の予徴であろう。むかし、学生のころ故小塩力牧師の教会に行っていたことがある。僕の会った、もっとも根源的な宗教家であった。小塩先生の説教集に『時の徴』というのがあった。先生は、説教のなかで、茂吉の『不断経』を引用されるような人であった。この一連は、父の死に触発されて作られている。

花巻へ行く。晩秋に仙台で医学の学会がひらかれ、久保忠夫教授（国文学。東北学院大）の家にとめていただいた。久保さんの家から、花巻へ直行し、半日ほどぶらぶらして帰仙した。花巻駅から、市民会館、桜の詩碑、ふたたび駅まで、すべて徒歩行であった。歩行の時間をはかり、歩く人の視野をかんがえた。賢治も、そこを歩いたとおもったからである。歌は、花巻をうたわず、幻の賢治の一面をさわってすぎているあんばいである。旅は、アリエティふうにいえば、無為の時、白昼夢のおおっぴらに許される時でもある。

野の白鳥。北海道旅行といえば、ゆたかに思われるが、これも、糖尿病学会の折に、「北の会」の人たちと行を共にして得た。白鳥をみた時のことは、短文にしたてたことがある。(『メトロポオルの燈が見える』『鬼界漂流ノコト』に収める。)短い旅である。

林檎園まで。林檎園ふたたび。「短歌研究」のために書いた。信州飯田から天竜を下り、天竜峡の岩山の上の林檎園へ行った。この地方(東三河)に住んでいれば、これは一日旅行である。木にみのっている林檎の実。この恩寵にみちた果実にさえ、さまざまな人工の手が加えられて、おとぎの国の果実みたいに、すべての結実は美しすぎる。林檎園には、家族がちらばっている。この一家は、どこへ行くのだろう。この林檎園を通って、どこへ抜けていくつもりだろう。この「禁忌」に似た考えは、僕をつねに圧していたのである。

九州反乱説その後。まず、むちゃくちゃな題名であろう。しかし、僕は九州に住んだ三年半(一九七〇年七月末から一九七四年五月初)のあいだに、九州の文化的、気質的な独立感をしばしば感じた。北海道独立論はむかしからある。九州も、つねに南から、本州に叛いて存在感を養って来たのではないかとおもった。だが、そのことと、この作品の一つ一つとは、微妙に背反する。

夏の夜のため、福岡へ行き、山埜井喜美枝さんら「飈」の人たちに会い、広津邸に一泊したときのことであろう。天神に天神リーブルという本屋さんがあり、九州在住のころから利用していた。久しぶりに福岡を歩いて興奮しているところである。ふるい「葛藤」の記憶は、どこへ行っても疼くが、とくに九州では、それがつよい。

禁忌の音楽。子規の「ハガキ歌」のことが頭にあって、なんでも試してみるのがくせであるから、このころ、人に宛てた挨拶歌を作った。柴生田氏や大島氏を知らぬ人には、無用の歌である。「嫂」の歌は、死産児だった兄のことを、亡母からきいていたので、おもいおこして書いた。僕に、もし兄があり、嫂がいたら、僕の一生は当然変っていただろうと白昼夢をみたのだ。漱石の場合を例にあげるまでもなく嫂という存在は、文学のどこかを刺激して来る。たぶん性的な「禁忌」が、そこにかくされているからであろう。

家族抄。ここで、あらわれる「女」「別れたる坂」は、四半世紀前の事件にかかわり、それは僕の半生を左右した。この歌集の期間に、ようやくこの事件の一つの「解決」に出会うことになった。言う必要のないことだが「禁忌」の一面をそこに想定できるので、わざと言うのである。「子」「みどりご」など「家族」は、いまいっしょに生きている者たちである。「家族抄」というタイトルには、過去と現在が、交叉している。自分では、ごまの歌が気に入っている。

きさらぎの花。とくに言うことのない生活の雑歌である。亡父が、ちょっと出てくる。

走り梅雨、走り書。「五柳」という雑誌の創刊号に書いた。ここから、「雨と日本人」までは、『人生の視える場所』（思潮社・昭和五十七年七月刊）を継いで、その延長線上に成った。『人生の視える場所』で繁用した詞書の介在という方法に、いろいろ手を加えている。詞書をわざと略したりした。わざと、おとなしい詞書を書いた。解説風の短文や、一行の感想を先行させたりした。

この期間、月に二回ぐらい上京して人々に会い、研究会や座談会に出た。上京も一つの旅である。「ひとりになる」時であった。

「内と外」から「雨と日本人」までは、「AとB」というタイトルのつけ方を選んだ。(「地下鉄道讃歌」だけは異例。)「内と外」から「嫌忌と好色」までは、及川隆彦君の依頼で、「短歌現代」に、隔月にのせた。短期連載といっていいかも知れない。こういう外的な(発表形式上の)条件が、一つの方法として感じられることは、しばしばである。歌の数を揃えるという条件も、そうである。また、一首の漢字と仮名の割合を意識的にかえることも、その一つである。無数の条件を、あれこれくみあわせることによって、意識の領域まで、無意識の世界のもろもろの魔ものを、ひき出してくるのである。アリエティののべていたのは、その無意識世界の開発の条件なのであった。

地下鉄道讃歌。久しぶりに東京へ行くと、地下鉄の四通八達ぶりが印象的だった。九州にいたころのことである。東京は大学時代から約二十年棲んだから大がい判っているつもりであったが、やはり日に日に変っていく都市である。今でもそうだが、人の眼をさけるようにして、敵地をゆくエスピオナージュさながらに目的地へ行くことがあった。地下鉄は、ふと紛れこむにはいい地下の壕のようにも思われた。このころ、霞が関の東京地裁へ行くことがあった。小品だが、詞書のかわりに歌をつくって添えるような、そういう方法も、いつのまにか、定着しつつあった。

仮面と様式。「短歌」の「岡井隆特集」のはじめにのせたものである。家裁での話が結論へ向って行く過程を、反映している。次の「雨と日本人」もそうだが、一つの禁忌が解けていく一歩一歩であったろう。

雨と日本人。ふたたび北海道へ行った時の印象記を、主題に重ねている。夏の札幌は、はじめてであったから、すこぶる新鮮であった。雨の多い年。このあたりの作品は、力むことなく、のびのびとした筆づかいの出来るような、そういう気分をまず、作る前に用意しようとした。この気分作りが、方法のうちの大切な部分である。酒(アルコール)も、多少は有用だが、それよりも、他人の本がいい環境を作る。それと、小さいようで大きいのが、紙や筆記具の選択である。気に入った紙（上質のものという意味ではない）と、気に入ったボール・ペンが気分をもりたてていく。方法という名の道具。

4

昭和五十五年（一九八〇年）五月から、同五十七年七月までの制作を、ほぼ制作順にならべて構成した。

本の題名は、書肆の中静氏が提案し、わたしが賛成した。もともとは『女人に礼を』ではどうだろうか、とかんがえていた。このタイトルの「好色」というところが、刺激的すぎるので、家人などは「ちょっとやりすぎではないの」と不安を表明している。もっとも家人は、僕の歌はまったく読んでいないのだから、なにをイメージしているのかはわからない。

　僕はこの歌集を一つの区切りとして、「なにもしない」時間、真に創造的な時間をふやして行くつもりである。

著者

あとがき

これは『岡井隆全歌集』の第II巻である。第I巻にならって、解題風に筆をすすめてみたい。

巻頭に置いた『天河庭園集』は、I巻の同名の本（といっても、I巻のそれは、単行本としては独立して出版されなかった）と、次のような関係をもっている。

第一に、I巻のは、わたし自身の編集したものだが、今度のII巻のそれは、福島泰樹氏が編集した。（むろん、わたしも一通り眼を通した。）第二に、I巻のは、ところどころ改作や再編がしてあるが、福島編集は、ほぼ（完全にそうではないが）雑誌発表の形を復元している。第三に、今回、II巻の他の歌集と同調させる目的で、仮名遣いを、歴史仮名遣いにあらためた。この点は、原著の編者、福島氏に一言おことわりして置きたい。

『天河庭園集』は、『眼底紀行』と『鵞卵亭』との間をつなぐ橋の部分であるが、実際には、『天河庭園集』が終った時点から、『鵞卵亭』までには、五年間の沈黙期間があった。昭和四十五年（一九七〇年）歌作りをやめるつもりで、九州宮崎市へ行き、やがて福岡県遠賀郡岡垣町に棲んだ。わたしは二度と作歌することはあるまいと思っていた。（そのころの考えと生活の一部は、『茂吉の歌私記』『茂吉の歌　夢あるいはつゆじも抄』

『辺境よりの註釈——塚本邦雄ノート』や『花を視る人』などの散文または散文集のなかに、読みとることができる。）

『天河庭園集』が、わたしの半生の作品の前半のしめくくりであるとすれば、『鷺卵亭』は、後半のはじまりの部分である。（正確にいえば、『鷺卵亭』の巻頭の数篇は、『天河庭園集』に含まれるべき日付けをもっている。一九七〇年の作品であった。）新作はすべて、歌集のために書き下した。その点でも、わたしの他の歌集とちがっている。

『歳月の贈物』『マニエリスムの旅』『人生の視える場所』『禁忌と好色』と続く四冊の歌集については、「あとがき」や「解説」や「自注」の類があるので、特に説明するまでもあるまい。

昭和四十五年に歌を作るのを止めて東京を去ったことは、今言った。わたしは今までに家を出たことが二度ある。一度目は昭和三十三年三十歳の時で、二度目が、この四十五年である。四十二歳だった。わたしにとっての厄年といえるだろう。三十歳の時は、新宿区柏木から、目黒区中目黒に移っただけで、勤務先はそのままだった。文学の仕事は中断して、病院の仕事に精を出した。今から考えると、すこしおかしいぐらい、医学の研究や勉強がたのしく熱中していた。

これにくらべると四十五年の時は、一切を捨てたのであるから、放心と絶望の度合いがよほど深かったといえるだろう。いま、わたしは、どちらの家出の場合も、それに先行する一年間ほどの、毎日毎日飽くことなく続けられる家族との葛藤、揺れうごく決意と喪神、失望と希望の過程を思いおこしている。あらゆる手だてをつくしたとは言わないが、それでも、できそうな打開策は大ていし尽した末に、ある日、家を出ることになる。家出は、一時の衝動によっては行なわれるものではない、というのが、わたしの場合の体験の一帰結であった。

わたしは、宮崎へ行ってはじめ簡易旅館に十日ほどいたが、着いた次の日の朝から、のちに『茂吉の歌私記』として刊行することとなったノートを書きはじめた。よほど書きたかったのであろう。いかなるデューティもない（と錯覚できる）「毎日が休日」の生活の中で書きはじめたのが、斎藤茂吉論ノートだったというのも、偶然とはいえないであろう。

以後一九七五年「西行をめぐる断章・他」を「磁場」に書くまでは、作歌を断った。この約五年の間の中断によって、わたしの歌についての考え方は、かなり大きく変った。読者が見ればどうかわからないが自分で感じていることを箇条書きすると次のようなことになろう。

第一に、自分の歌に興味をもってくれる少数の友人（年齢のいかんを問わない）知己のために書くことになった。その人たちにわかればいいのだから、かなりブッキッシュな素材を扱ったり、特殊な話題をもち出してもよかった。知識階級（今はほとんど死語だが）の一員として育てられた閲歴を、ほこりもしないが、かくそうともしなかった。中産階級（これも死語）の給料生活者として、父の代から自分の代まで生活したことを肯定してうたった。

第二に、手法とか技法とかに、奇妙なストイシズムを課する必要はないと思った。「アララギ」で学んだ歌い方もよければ、塚本邦雄と一しょに開拓した「前衛短歌」の諸方法も結構である。詞書、連作、散文との組合せ、なんでもいいのであって、あらゆる技法（といったって大して広いものではないが）について、エピキュリアン（享楽主義者）でありたい。そのためには、遊戯のこころをつねに新鮮に保ちたいものだ、と思って来た。

第三に、一切の政治的イデオロギーから自由でありたい。それでいて、いかなる書きものも、発表すれば、一定の政治性をもつということに、自覚的でありたい。

第四、歌壇ならびに結社の指導的な立場といったものからは、つねに解放されてありたい。

まだあるだろうが、さしあたりこの四つのことから、『鷲卵亭』より『マニエリスムの旅』あたりまでの作歌動機は、導き出されているだろう。旧仮名づかいにしたり、古典的作法を意識的にとり入れたり、歌謡風の崩し書きをこのんだり、いずれも、右の四項目から出ているといえる。

第四の件については、父が死んだ昭和五十五年ころから、すこしずつ、再び困難な状況になって来た。現在、わたしは、歌壇に対しても、結社についても、一定の、役割りをひきうけて、日夜呻吟しているといっていいのである。

解題風に筆をすすめる、なんて言いながら一こうに筆はすすまない。いま、これを書いている部屋では、佐々木幹郎氏との「組詩＝反東京」が進行中で、ようやく寄せの段階に入って、佐々木氏苦吟中である。わたしの昨今の短歌は、このII巻に収められている作品から、また更に次第に変容しつつある。歌集としては

『αの星』（短歌新聞社）『五重奏のヴィオラ』（不識書院）が発売中で、その辺りから、佐々木氏との組詩や、北川透氏との共同詩が行なわれている。こうした作り方の変化、作る場の模索が、（そうそう、目のさめるような転回を生むはずもないけれど）結構、わたしの作歌動機となって来ているのが、自分では、愉しいし興味ふかいのだ。

I巻II巻を通じて、昔からのわたしの歌の読者（決して多くはないが、ありがたい読者）は、新しく、なにかを感じとられたであろうか。また、これらの『全歌集』によって、はじめてわたしの作品の軌跡にふれることになった読者の方々は、どのような感想をもたれたのであろう。いささかスリリングな期待を抱いているといっても、許されることであろうか。

わたしは、どこから来て、どこへ行くのであろう、なんて問うのは愚かしい。それなのに、このごろ急に、どこでも立ちどまって、自問している。答えをもとめている筈はない。答が出れば、それは嘘だし、わたし自身が化物（モンスター）になる。

現在のわたしが、この本に続く、架空の第III巻の一部となるべき作品群を書きつつあることだけは、たしかなのである。

この本の出版にあたり、推薦文を賜った吉本隆明、吉岡実、大岡信、塚本邦雄の四氏、また、別冊にご執筆いただいたり、文章再録をお許し下さったりした多くの方々に、深甚なる感謝を捧げる。

この『全歌集』を作っていただいた、小田久郎社長はじめ思潮社のみな様に、こころから、あつくお礼申し上げたい。

I II巻を通じて仮名遣いその他の総合的なチェックには、山田ゆきさんのご助力を仰いだ。特に記してお礼申し上げる。

一九八七年六月

岡井　隆

二〇〇六年の追ひ書き

一九七〇年七月に東京を去って九州に身をひそめた。『鷲卵亭』から以後の五冊の歌集は、すべて歌界の浪人として流浪中の編纂である。すべて愛知県豊橋市で制作された。この間に母が亡くなり、父が死に、精神的師父ともいふべき村上一郎が自死した。

『茂吉の歌私記』『辺境よりの註釈』『慰藉論』などの散文の作品が平行して書かれたのも此の時期のことだ。

『鷲卵亭』で歌人として再起してから、『禁忌と好色』で、釈迢空賞を受けるまでの時期だったと要約することもできる。

七〇年代の、豊かで右肩上りの時代を背景にして、孜孜として働いてゐた男、といふ印象を抱きながら、四半世紀前の自分の歌を読みかへしたことであった。

岡井隆全歌集　第II巻

著　者　岡井　隆

発行者　小田久郎

発行所　株式会社　思潮社

〒一六二－〇八四二　東京都新宿区市谷砂土原町三－十五

電話〇三－三二六七－八一五三（営業）・八一四一（編集）

ファクス〇三－三二六七－八一四二（営業）・三五一三－五八六七（編集）　振替〇〇一八〇－四－八一二一

印刷所　株式会社　厚徳社

製本所　誠製本株式会社

発行日　二〇〇六年二月二十八日

声調は終わりに向かって反復する

岡井隆の「調べ」について

瀬尾育生

　岡井隆の初期の短詩型論（『短詩型文学論・短歌論』）は短歌の構造についてとても変った考え方をしている。まず三十一の等時拍の音のかたまりがある。そこにさまざまな干渉因子がやってきてそれを分節する。干渉因子とは次のようなものである。
①それが個々の意味を持った語から構成されていること。これは「意味リズム」と呼ばれる。
②第二に、三十一音は五・七・五・七・七の「句分け」の構造を持つということ。
③一つながりの音の列の中には特定の優勢な母音があり、この母音が全体にあるリズム的な反復を与えるということ。これは「母音律」と呼ばれる。
④さらに漢字・ひらがな・カタカナなどからなる「視覚リズム」がそれに加わる。
　短詩型論はふつう、五・七音数律を根本的な場面として前提する。五・七・五・七……のリズムが七の反復で終止し、その結果が三十一音という音数となる、というのである。だから三十一音のかたまりがまず先にあり、それを五・七音数律が切り分ける、と考える岡井の考え方は特異なものである。この点に疑義を呈した大岡信を受けて北川透は、この特異さの理由について、ここでの岡井のモチーフが、なによりもまず短歌という形式、いまだ分節されざる「未知の一詩型」として見ようとするところにあったからだ、と述べている（「短歌を《未知の一詩型》として」）。三十一音を単なる音のマスとして見る視線は、たしかに伝統的な歌としての一線を踏み越えた自由を歌人に与えるにちがいない。この理解はぼくを納得させるが、ここではすこし違った角度からこの問題を考えてみたい。

　岡井隆が、短歌をまず三十一等時拍音のひとかたまりとして見、そのあとで五・七音数律を、その外から切り分けに来るものとして考えたのはなぜか。それは短歌のリズムを、「切り分けるもの」と「切り分けられるもの」というような、二つの異なった実体の合流する点で考えようとしたからだ。このことはただちに岡井の次のようなモチーフに接続している。

等時三十一拍のリズムや、五・七・五・七・七の句わけは、どの歌にも共通しているわけで、もしもこの単一なリズムが、短歌のもつ唯一のリズムだとするなら、どうしてわれわれは、一首一首の歌から、それぞれに違った独特の律感をうけるのか、それが理解できない。由来、先人が「声調」とか「調べ」とか呼んでいるのは、むろん、わたしのいうリズム（律）よりももっと複雑な概念であろう。意味、音韻、音律、それらすべてを積分（インテグレート）したものを指しているようだ。だが、一歩すすめて、その「調べ」「声調」をさらにこまかく分析した場合、歌のリズムとはなにか。（『短詩型文学論・短歌論』）

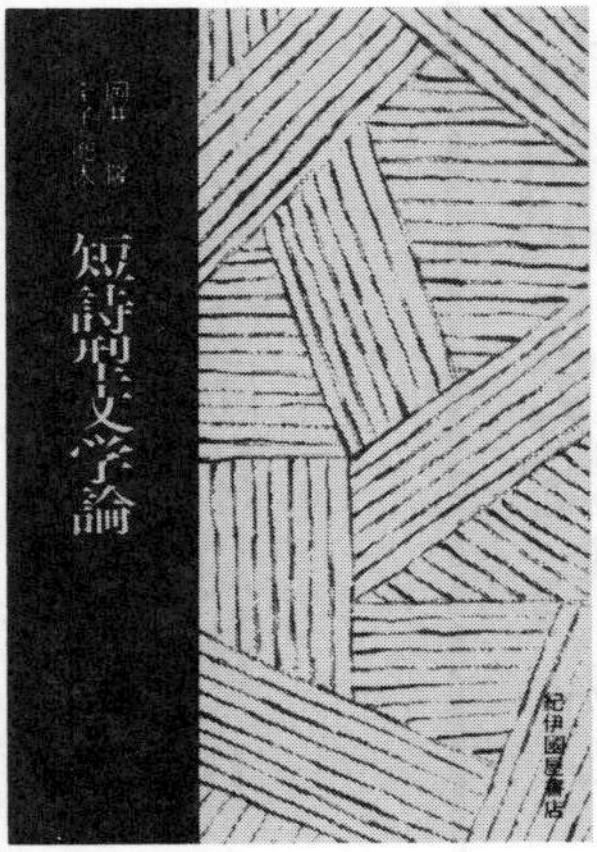

岡井が突き止めようとしたのは、あくまで五・七音数律ではない「声調」「しらべ」から析出されるリズムであった。「声調」「調べ」はあるインテグレーションの形式である。それは必ず何かと何かの交差点に、何かと何かの合流点に、考えられなければならない。われわれは岡井の歌の中に、すべてがインテグレートされた、出来上がった歌ではなく、だが音数律という抽象的な場であるだけでもない、まさに「声調」「調べ」そのものを、構成要素としている歌を見出すことができる（この部分引用は『天河庭園集』より）。

寂かなる高きより来てわれを射（い）る労働の弓ラムラムララム
いずこより凍れる雷（らい）のラムララムだむだむララムラムララム
ラム

「ラムラムララムラム」は意味によって分節を作っているのではない。だがそれはまたたんなる音のかたまりでもない。それは「声調」「調べ」によって分節されたものとしての音である。この二つの歌で、リズムパターンとして安定して普遍性があるのは後者のほうだ。前者はそれに対する破調・逸脱であると考えられる。

カラマゾフィシチナ恋おしも恋おしきに魂に霜降りてか　ラ
ラム

になるといっそう破調の度合いは強くなる。ここから「声調」による分節のもっとも普遍的な形を取り出して、それを岡井隆的な音で示すと次のようなものになると思う。

ラムララム／ラムラムララム／ラムララム／ラムラムララム／ラムラムララム（パターン①）

一句目と三句目は「ララムラム」に置き換えてもよい。また最後の二つの七音が「差異を含んだ反復」になっていることも重要だ。そのことによって収束を強く印象付けることができるからだ。これがもし

しりぞきてゆく幻の軍団はラムラムララムだむだむララム

だとすると、最後の二つの七音は同じリズム形式の反復になるから、収束感は不充足である。だがもちろんここでは破調こそが選択されているのである。

別宮貞徳や菅谷規矩雄の日本語四拍子説に示唆されて、日本語の五・七音数律の生成をあとづけてみるとおおよそ次のようなことになると思う。よく知られているように、五・七音からなる日本語の韻律を四拍子に読み替えることを可能にしたのは両者の場合とも「休止」や「無音の拍」の発見であった。ここでは主として別宮氏の考えをベースに私の理解を書いてみるが、いうまでもなくもともとの別宮説（『日本語のリズム――四拍子文化論』）はこんなに粗いものではない。

日本語は強弱の規則のない等時拍からなっているから、西欧の詩の韻律法のように強弱や長短を組み合わせてリズムを構成することができない。それに替わってなにがリズム構成の単位になったかというと、二音を一拍と計算する場合の［♪♪］（Aとする）と［♪𝄾］（Bとする）との差異である。そうなるためには日本語のなかに二音一拍の原理が潜在していなければならないが、それがどのように成り立ったかは分からない。そこに古代日本語と中国語との干渉があったのではないかとぼくは思うが、いずれにしてもこのABを交替させることで最小のリズム単位がうまれる。すなわちA・B・A・B・A・B……である。

だがこれでは三音と休止の果てしない均質な連続を結果するだけだ。リズムが単に音の反復ではなく言葉のリズムとなるために必要なのは、単なる反復が同時に差異を含んでいることなので、すくなくとも反復はA・B・A・A・B・A・B・A・A・B……という形をとる必要がある。西欧の韻律法で言えば二音節の詩脚と三音節の詩脚を繋ぐようにして差異と反復の条件を満たすことになる。そのようにして作られるリズムはまず三・五・三・五・三・五……である。

ところでこれを実際の歌に適用する場合、三音で一単位をつくろうとすると現実の語彙は著しく制限を受けることになる。各リズム単位は少なくとももう一拍ずつ長くしなければ、それが言語の表現となるための条件を満たさない。そこでA・A・B・A・A・A・B・A・A・B・A・A・A・B・A・A・B……すなわち五・七・五・七・五・七……がリズム的な連続性を形づくるための最低の条件であることになる。

さらに一般には、こうしたリズム進行が一つの行として終止の形をもち、それがさらにそれより上の単位、行構成や連に展開してゆく原理を持つことが必要になる。西欧の行構成ではたとえば強弱強弱と続いた行が強で終わり、つぎに強音がきてい

れば、そこで行末が越えられていることが耳に聞こえる。日本の短歌では連構成は作られないが、ひとつの歌は少なくともそれとして終止の形を持たなければならない。五・七音数律では七・七と続く場面で一つの歌は「終止」を聞き取らせる。

最後にこのそれぞれの五音と七音は個々に句として同じ重みを持とうとするから、それぞれが同じ時間で読まれる傾向が生じる。すなわち五音のあとには長い休止、七音のあとには（Bが含む）半拍分の短い休止がおかれる。一拍分の長い休止をOで示すと、A・A・B・O・A・A・B・A・A・B・O・A・A・B・A・A・A・B・Oとなる。

これでは仮説としてもあまりに話が粗すぎるのだが、かろうじて短歌が①反復ということと②その反復が差異を含むということ③その反復が終止の形を持つこと、という三つの条件を満たした最短の詩形式であることの説明にはなっていると思う。

さてここからが問題である。たとえば先の岡井隆の歌の「ララ」を、ここで示したAに、「ム」をBに置き換えてもいいだろうか。言い換えるなら音数律はそのまま「声調」「調べ」による分節に置き換えることができるだろうか。直線上の音数律をそのまま音に置き換えるとたとえば次のような形が得られる。

ラララム／ラララララム／ラララム／ラララララム／ラララララム（パターン②）

これと先のパターン①を比較すると、短歌というものが秘めているリズム、それが短歌であるために満たすべきリズムが、じつは五・七音数律だけで数えられるものではないことがあきらかだと思う。パターン②は歌になっていない。だが岡井隆の歌から抽出したパターン①は、同じように音だけで表記されて、おなじように意味を捨象されているにもかかわらず、すでにして歌になっている。ここには「声調」が「調べ」が生じているのである。音数律の原理をどこまで延長しても到達しない「調べ」という原理があるのだ。

岡井隆の短詩型論のモチーフは音数律リズムではない、もう一つのリズム原理を突き当てることだった。二つの異なったリズム原理がある、というのが岡井隆の古くからの確信だった。反復というものの二つの異なった原理――について、たとえばドゥルーズは『差異と反復』のなかで次のように述べている。

> リズム理論は、わたしたちに、反復の二つのタイプを直接に区別するよう促す。〈韻律（ムジュール）［拍子、構成単位］-反復〉は、時間の規則的な分割であり、同一的な諸要素の等時的な回帰である。しかし、一定の持続は、〈強さアクセント〉によって規定されるのでなければ、また諸強度によって支配されるのでなければ、存在しない。もろもろのアクセントは等間隔で再生されると言ってしまうなら、アクセントの機能について誤解することになるだろう。逆に、強さのつまり強度的な諸価値［アクセント］は、韻律的に等しいいくつかの持続つまり空間のなかに、いくつかの不等性、通約不可能性を創造するように作用するのである。それらの価値は、ひとつのポリリズムをつねに示す複数の特別な点［特異点］、つまり特権的な瞬間を創造する。そこでもまた、不等なものが、もっとも定立的なものである。韻律は、ひとつのリズムの、そし

て諸リズムの関係＝比の外被にすぎない。不等性の点の、屈曲の点の、リズム的出来事の繰り返しは、同質的な通常の要素の再生よりもずっと深いものである。そうであればこそ、わたしたちは、いたるところで、〈韻律－反復〉と〈リズム－反復〉を、前者は後者の抽象的な仮象あるいは効果にすぎないがゆえに区別しなければならないのである。（財津理訳）

たんなる時間的な分割、同じものの回帰である反復と、つねにさまざまな強度が負荷された差異を含んだ反復があるのだ。一方に、つねに「同じもの」として表象されるものの回帰・反復があり、他方には、違うものの反復がある同一性を聞き取らせるような反復がある。前者にないものが後者に加わっている。それは絶対的な不等性であり、強度の次元である。このことは反復の内在的な区別として次のようにも語られている。

むしろ反復の二つの形式を区別しなければならない。なるほど、いずれの形式においても、反復とは、概念なき差異のことである。しかし、一方においては、差異は、概念に対して外的な差異として、換言すれば、同じ概念のもとで表象＝再現前化され、空間と時間において、無差異［概念的差異のないこと］の状態に陥った、諸対象間の差異として定立されるにすぎない。他方においては、差異は、《理念》の内部に存在している。この差異は、《理念》に対応する或る動的な空間と時間を創造する純然たる運動としておのれを展開する。前者の反復は、《同じ》ものの反復であり、概念ないしは表象＝再現前化の同一性によって説明されるものである。後者の反復は、差異を含む反復であり、しかも《理念》の他性において、また或る「間接的呈示」の異質性において、おのれ自身を含む反復である。（同前）

ここでは反復はいずれも概念なき差異、つまり差異あるものの反復が結果として同一性を響かせるような反復である。一方の反復においては、その差異が、それぞれの同一性（単位）と同時に、並存するように成り立っている。だがもう一方には、反復されているのはつねに同一なものの仮面でしかなく、しかも仮面の下には同一なもの＝素顔はない、という反復がある。反復に先立つ同一性がないだけではなく、反復によってその反復の中に成り立つ同一性もなく、その反復はただ、その反復が特異性としてはらんでいる反復の《自身》を、いいかえるならその「魂」を、その反復の外に、ある「別なもの」「未知なもの」として、生じさせるのである。

われわれは「詩（歌）を読んで、その概念を取り出す（その意味を理解し、それが持つリズムを味わう）」わけではない。むしろ「詩（歌）を読むことによって、ある力を得る（未知に向かって背中を押される）」のである。大切なのは、詩が続くということではなく、詩が終わるということである。しかもその詩が、その詩の意味（概念）のなかに終わるのではなく、何か「別のもの」の中へ終わる、ということである。そのような「終わり」こそがそれまでの持続を〈リズム－反復〉に変える。このことを除いて詩のリズムを考えることはできない。ドゥルーズが《理念》と呼んでいるのはこの「詩でないもの」「別のもの」のことである。

　たとえば心臓の鼓動という反復がある。人が生きている限り、それは不断に反復され続けている。ではこれは同じものの反復なのだろうか。あるいは反復は反復されることで同じ意味をわれわれにもたらすだろうか。決してそうではない。私たちが胸に手を当てるたびに、心臓の鼓動はつねにさまざまに変化する強度・深さの次元を持って響き、つねに変化する一回きりの意味を帯びている。心臓の鼓動が反復でありながら、かならず一回的な、固有の意味と深さを帯びたものとなるのはなぜなのか。それは心臓の鼓動が、いつか止まるからだ。わたしたちはそれがいつか停止するだろうということを知っている。この先取りされた終止が、反復に、つねに固有の強度と深さと意味を与えるのである。詩のリズムは根源的には人間の心臓の鼓動に根源を持つ、とヴォルフガング・カイザーは述べるが、このことは単純に詩的リズムと身体リズムとの照応性を述べているわけではないだろう。それはたんなる生動の原理としてではなく、何よりも、つねに死をはらんでいる、という意味においてそうなのだ。詩のリズムは、心臓が死に向かって鼓動するように、詩の終わりにむかって反復されている。

　一つの持続が終わった後に持続の「死後」が現れる。リズムは一つのものが終わり、別のものが始まる、その境界で振動するのだ。では、たとえばハイデガーが《すべての偉大な詩人たちは、ひとつの、唯一の詩から、詩作する》というように、詩を単数性によって語るのはなぜだろう。

　あらゆる詩作品は、この一つの詩の全体から語りだしているのであるし、そのつどこの一つの詩を語っているのである。

詩の場所からは大きな波が流れ出てくる。この波は、そのつど語りを、詩作的な語りとして動かす。しかしこの波は詩の場所を離れてしまうということはないので、この波の流れ出しは、すべての語りの運動を、つねにいっそう秘められた根源へと、むしろ流れ帰らせるのである。詩の場所は、すべてを動かす波の源泉として、形而上学的＝美学的な表象にとってはさしあたり「リズム」として現われうるようなあのものの、隠された本質を内蔵している。

（「詩の中の言葉」）

　すべての偉大な詩人はそれぞれに固有な「一つの詩」を持っており、その詩から詩作する。その「一つの詩」からはおおきな「波」が流れ出してくる。詩人はその波によって詩を生み出すが、そのとき同時にその流れ出しの根源へと引き戻されてもいる。彼が作る詩は、つねに彼の根源にある「一つの詩」の波動によって、生動させられている。これが詩の「リズム」というものの根源である、とハイデガーは述べる。

　だが言うまでもないことだが、波動というものは単一のものからは生まれない。波動は少なくとも二つの力がそこで出会うところで生まれる。ハイデガーは「存在」を単一の振動体と考えるが、この振動こそが「存在」の還元不能性なのであり、それは「存在」からはじめるのではなく、波動と波動との合成・干渉ということ、波動の重畳・重層ということから考えなければ理解できない。波動Aと別の波動Bとの合成・干渉が、還元不能な波動Cを生み出す。それらの合成・干渉がある一つの場所におりかさなって現れるとき、そこに深さの次元、タテの軸が現われる。この場所をハイデガーは「存在」という一つの語で呼んだのである。

だからここで「一つの詩」と呼ばれているものは、二重の襞として、二つのものがそこで出会っているような一つの場面として読まれなければならない。詩において出会っているその二つのものとは、認識におけるような、オブジェクト・レベルとメタ・レベルの二重性ではない。人間が「存在」として、ある単一性として呼び立てられるのは、なによりも死を前にすることによってなのだから、詩の中で出会っているのは二つの「持続（時間）」である。

①われわれの生死をそのなかに浮かべて流れている、均質な、永続する時間
②私の死に向かって流れてそこで終止する一回的な時間

「存在」はわけもなく深いのではなく、この二つの時間の重層を一つの場所に追い込むときに「深い」と言われるのである。言語的な反復は、そのなかに死（終止、中絶、吃音）をはらむときに、言語のタテの軸、言語の深さの次元を露出して見せる。

ラムララム／ラムラムララム／ラムララム／ラムラムララム／ラムララムラム（パターン①）

はそのような反復であり、

ラララム／ラララララム／ラララム／ラララララム／ララララララム（パターン②）

はそのような反復ではない。音数が違うのではなく、音として発せられている部分が休止に与えている「意味」が違うのだ。あるいは音として発せられている部分が、休止の中に呼び入れている「時間」が違うのだ。パターン②において休止は、音の部分と同じ時間の中に刻まれている、たんなる音のない部分である。だがパターン①においては休止部分に、音として流れる時間とは別の時間が介入している。

眠られぬ母のためわが誦む童話母の寝入りし後王子死す
（『斉唱』）

満身に怒りの花を噴き咲かせガザ回廊に死んでいる我とじのこすうすい流浪の唇は言うかとも見える〈平城で死にたかった！〉
（『土地よ、痛みを負え』）

短歌の結句に「死」が現れ、声調に意味が重なり合うときの、詩的な完結感は不気味なほどだ。この強度を拡散させるために調べは乱され、括弧に入れられ、死は虚構の死に変えられている。岡井隆はこの引力にあらがい、死を遅延させ手なずけるために、長い長い時間をかけたにちがいない。

わたくしを探してひとりふらふらと　でもないか、でもないとし置かむ
（『宮殿』）

死によってくっきりと切り落とされるのではなく、まるで《わたくしを探》すかのような水平にたゆたう時間が言い淀んだり、皺寄ったり躓いたりするところに、別の時間が音もなく呼び入れられている。

（初出「現代詩手帖」二〇〇五年十一月号）

岡井耽歌

金子兜太

暗緑の林がひとつ走れるを夕まぐれ見き暁にしずまる
『土地よ、痛みを負え』

　第一歌集『斉唱』で岡井隆の短歌に親近感を覚え、第二歌集『土地よ、痛みを負え』を、相ともに（と勝手に決めて）六〇年安保後の苦虫を嚙みつぶすおもいのなかで読んでいた。それだけにこの歌集が岡井歌集のなかではいちばん懐しく、忘れられない歌が多いのだが、掲記の歌はその一つ。そして現在唯今の日常の節節でもおもい出すときがある。朝の床中にいて天井を睨んでいるとき、東京・熊谷間の車中で眼をつぶっているときなどなど、この歌の「暗緑の林」が私のなかに走り込んでくるのである。虚しげに、しかし妙に若若しいいのちの息衝きとともに。

　現在の岡井短歌は巧緻、澄明、職人芸を感じさせるほどだから、この歌の内容、韻律ともに素朴すぎるのかもしれない。しかし岡井短歌の源泉ここにあり、と言いたい気持。

　ところで、私にとって、歌人といえば、いまでも岡井隆と佐佐木幸綱がいちばん身近な感じで、対照的でもある。岡井の落着いた知的味わい（知性味）。佐佐木の肉厚の野性味。この対照が私にとってはいつも刺激的なのだが、好みから言えば野性味のほうにある。しかし二人からの刺激度は兄たり難く弟たり難しで、岡井の書く斎藤茂吉についての論考やエッセイから受ける刺激などもかなりなものなのである。

　そして、岡井の現在にいたるまでの歌業について、私はこんな受取り方をしている。つまり、歌壇から突然五年離れたあと、私の言い方では〈放浪のあと〉に出した歌集『鵞卵亭』から現在まで、この人はまるで思想というものの呪縛から解き放たれたように、自由気ままに振舞っている。そのときそのときの想念や着眼をそのままの生な状態で歌にしているから、腹の立つような無気力自堕落ぶりを書き、あまりこの人には似合わない印象のおとぼけぶりを示し、政治や時代、そして他人の思想にも傲岸の感がある。自分にも他にも、まるで好奇心だけで接しているようにおもえるわけで、流行などというものもパクパク食べてしまって、いつのまにか短歌の栄養にしてしまっているのである。

　岡井隆は万事に自由且つ率直の仁と化した、と私は見ている。思想ですべてを律しようとすることを狭隘とし、思想は肉体化して生の核とし、あとは自在と観じているやに私には受取れる。たとえば、歌会始の選者になったときは大いに物議を醸したものだったが、これとても、この人にとっては、街歩きの途中、公園に立寄るていどのことだったのだ、と私は見ている。

　そして総ては短歌に集約される。初期に書いた「韻律論」から一貫して短歌のリズムを追い、言葉を博渉して韻律の多様多彩をもとめ、そこに形成されてゆく独自のスタイルに舌舐りして止まない。その歌姿の得もいえぬ澄明感に私は惹かれつつ、岡井も歳を加えたな、とおもってもいる。岡井短歌を岡井「耽歌」と書きかえて、ほくそ笑んでもいる。

戦後短歌からの一首

倉橋健一

雨脚(あめあし)のしろき炎に包まれて暁(あけ)のバス発(た)てり　勝ちて還れ

『土地よ、痛みを負え』

岡井隆の歌も一九七二年の三一書房「現代短歌大系」を通じて知った。寺山修司、塚本邦雄と並ぶ戦後の前衛歌人ということの実質を、このとき読みすすめながらなんとなく理解した。この歌はこのとき完本として収録された第二歌集『土地よ、痛みを負え』のなかの、「勝ちて還れ」三十一首のアタマにおかれた作品である。

妙な歌だな、と思った。一九六〇年の安保詠だが、岸上大作のような、闘争のなかでの心的世界をうたったような向かい合い方とはずいぶんちがった雰囲気なのである。バスに自分が乗り込んでいるわけではない。四句まではバスを外から見ている風景で、バスにいたる修辞であり、五句ではじめて主観的になり、バスにたむけられる。〈しろき炎に包まれて〉も水しぶきの写生で、暗喩としてはとりにくい。といって、〈暁のバス発てり〉で昂奮を誘い、終句の断言的なたむけは、ここからは連続している。五句と三十一音という短歌定型はきびしく守られている。

そのうえに岡井隆はこの歌集のあとがきで、「短歌を作るとは、歌言葉に翻訳することである」と、私などの門外漢にはわかるようでわかりにくい、たいへん刺戟的な発言をしていた。この時点で、この大系に先立つ岡井隆にたいする私の知識は、一九五七年にあった戦後短歌をめぐる吉本隆明との論争、それもあとから出た吉本の単行本で断片的に知ったばかりで、岡井隆を読んだわけではなかった。そしてこのあとがきのなかでは、この翻訳説とは、短歌には短歌固有の歌言葉があり、歌を作るとは歌言葉に翻訳することであるといい、ただしこの歌言葉は古典的な句法や単語だけを指してはいないとも説かれていた。だから、現代日本語から採集して歌言葉を豊富にしてゆくことが必要なのだ。なるほどと思いながら、このとき私は岡井隆のアララギ、とりわけ茂吉へのこだわりが、すこしだけわかる気がした。誤解を怖れずにいえば、茂吉のいう生命調の現代版なのではあるまいか。茂吉の〈ひた走るわが道暗ししんしんと怺(こら)へかねたるわが道くらし〉から、師逝去の悲報に接したという事実をとっ払えば、いくぶんかは雨脚の歌と同じ読み方ができるのではあるまいか。また第一歌集『斉唱』のなかの〈白くまた黄に濁りつつ日は移り暫くののち掌(て)を解くわれら〉などと連続して読めるのではあるまいか。ついでに安保詠などという背後関係も、とっ払ってしまうほうがいっそう面白い。

ついでながら、のち私は三枝昂之の『現代定型論　気象の帯　夢の地核』や『うたの水脈』を読んで、戦後短歌のかかえこんだ多くの問題を知ることになるが、そのなかで翻訳説にふれたところで、この雨脚の歌が深く語られているのをみてビックリした。今回、この一篇としたことには、この三枝の本の影響があるかも知れない。この時期、戦後短歌は戦後詩にくらべても、なおきびしい試練に直面していた。この一首からもそれがよくうかがえる。

わが短歌年代記

齋藤愼爾

朝狩りにいまたつらしも　拠点いくつふかい朝から狩りいだすべく
『朝狩』

ささやかなわが短歌遍歴をクロニクル風に粗描してみると、①塚本邦雄→②岡井隆→③塚本邦雄→④岡井隆→⑤?・ということになる。表記は縦書きでも、この二歌人を主軸とした螺旋状の軌跡であって、その巡りに寺山修司、春日井建、葛原妙子、山中智恵子、前登志夫がいた。①は高校時代。俳人の堀井春一郎に『日本人霊歌』を推奨される。堀井は二十代で山口誓子をして「私を卒業した」といわしめた天才。佐藤春夫、中井英夫、五木寛之、吉岡実そして塚本にその才を愛されたが四十九歳で死去。彼は私の眼前で塚本の〈わが過去にすさまじきものはこびきて豪雨の中にうなだるる馬〉や〈老いは目くらむばかりのかなしみとおもふ暗がりに青梅噛む父よ〉を「過去にしづかな爆発をもち昼寝男」「口中のくらやみ桃を食べて寝る」と本歌取りしてみせたものである。

②は学生時代。吉本隆明、村上一郎、桶谷秀昭らを知る過程で岡井隆の存在が急浮上。切っ掛けは「短歌研究」誌での吉本隆明との論争と「短歌」誌の村上一郎の評論「日本のロゴスと歌のロゴス」。安保闘争後、自立出版社（日本版「Editions de Minuit」）を創設し、岡井隆『危機歌学の試み』刊行予告を広告した頃の座右の書が『朝狩』。〈群衆を狩れよ　おもうにあかねさす夏野の朝の「群れ」に過ぎざれば〉の万葉集の額田王や中皇命など古典和歌の修辞を駆使しての、しかも右翼・権力の側から詠った斬新な表現に、パリ・コンミューンに共感したランボーが一転、自国フランスが悪名高いプロシャの軍隊に占領されるのを狂喜した例を重ね興奮したりもした。

③青年期。岡井隆は家庭・職場・歌壇から失踪、作歌も中断。私は出会った名伯楽中井英夫に「洗脳」され、塚本邦雄熱が再燃。シャンソンのレコードを蒐集し、レイ・ブラッドベリや夢野久作に耽溺。④昭和五十年以降で、岡井隆の歌壇復帰。『鷺卵亭』を繙読、〈薔薇抱いて湯に沈むときあふれたるかなしき音を人知るなゆめ〉や〈原子炉の火ともしごろを魔女ひとり膝に抑へてたのしむわれは〉に瞠目。日常の生の円周、その生産と生殖と交遊の世界に包摂される想念や意識のすべてを磨かれた方法としての修辞で彫琢する力業に眩暈、やっぱ岡井は凄いやと、再々、岡井命に「転向」。

⑤は「?・」の〈現在〉で平成四年から今日に至る。〈日本の近代の畜　写実的前衛派なる病葉あはれ〉。紫綬褒章を受け歌会始選者となった頃から、わが《内なる岡井隆》は遠去かりつつある。「天皇制問題」は精神史的にはいまだに決着がついていない。現代日本の共同幻想秩序は、原満三寿いうところの「二つの日本的原理と一つの西欧的原理」であろう。三種の神器を権威の正当性とする酋長制としての天皇支配の原理と乳（家族）、血（血縁）、地（地縁）なるアジア的な〈三ちの神器〉、それにロゴスを中心とした一見知的で科学的な人間観をさす。私はそれらを無化すべく朝狩りに発つ。とおくまでゆくんだ……。戦後の「総過程」が、日本国憲法第九条の改悪と、「象徴天皇」を「国家元首」あるいは「君主」に位置づけようと画策することで消去されようとしているとき、「召人」（囚人）どころではない。だって本当の「戦後」なんて一度もなかったではないですか、岡井さん。

時代の深部に突き刺さる歌

三枝昻之

手も足も付根で断つて立つてゐるわたしは何といふ終末であらう
『天河庭園集』

岡井氏の一首として私は『人生の視える場所』の「蒼穹は蜜かたむけてゐたりけり時こそはわがしづけき伴侶」を挙げることが多い。空の青さ深さを詠った上の句の見事な修辞と下の句の人生的な感慨。景と心が一つに溶け合って、歌は静かな勇気を与えてくれる。

しかし自分の青春の深部に深く突き刺さった一首ということになれば、選択はおのずから異なってくる。歌に感情移入をして、おのれのちっぽけな悲嘆を時代の悲嘆と一つにしようとした歌、思い出せばたちまち時代の空気が広がってくる歌、それが掲出歌である。

一九六〇年代後半は、私たちの世代にとって政治の季節だった。個別の大学闘争から全共闘運動へ、それにベトナム反戦運動が加わって運動は恐ろしいほどに広がった。そしてそれがすぐに暗転し、挽歌の時代、失語の時代へと沈んでいったのは周知の通りだ。『天河庭園集』は、高揚しながら暗転してゆくその不可思議な時代をもっとも深いところでとらえた歌集である。

苦しみて坐れるものを捨て置きておのれ飯食む飽き足らふまで
此処へ来よ此処へ時間に殉ひてうらぎれるだけうら切りながら
学生は神かと不意におもひつく一握の味噌湯におとしつつ
全地球を　といふやうな把握をおろかしく避け初めしより幾年経たる

これらは学生や広範な市民達の運動に対する共鳴と強い否定を含んでいる。捨て置く、裏切るという、いわば当時の禁句をやすやすと使い、「学生は神か」と挑発を含んだ疑念を提出する。そして大きな把握へ明確に背を向ける。しかしどの歌も私たち若い歌人の胸にしみこんだ。歌が提示している苦しみは、自分たちの悲壮よりも何倍も深いということを直感したからである。そうでなければ掲出歌のような裸形の終末は歌えない。

今でも忘れない当時の漫画のワンシーンがある。雑誌は『少年マガジン』、作者の山上氏の名は〈タツヒコ〉だったか。負傷してベトナム戦争から帰還した息子と母親が病室で対面するのである。ベッドに坐っている姿をよく見ると、息子は頭と胴体だけ。包帯だらけのその姿に絶句させられたものだ。

漫画と岡井氏の歌とどちらが早いかという詮索には余り意味がない。時代への同じ終末意識が、全く別のルートから、類似の手探りを生んだと見ればよい。念のために言えば岡井氏の歌は一九六七年の作、多分数年早い。なによりも岡井氏のそれは心的なメタファー、徒手空拳の手も拳も失ったその姿が、時代の病理を深く暗示している。岡井氏はなぜこのような裸形の解体を六七年に先取りできたのか。今後の岡井隆論の課題の一つだろう。「手も足も…」と口ずさむと、じりじり追いつめられていく時代の息苦しさが、身体感として蘇ってくる。歌が時代の深部を鷲摑みしていたことを示す一首でもある。

昏みゆくこころを抱きとめ

水原紫苑

飛ぶ雪の碓氷をすぎて昏みゆくいま紛れなき男のこころ
『天河庭園集』

　歌を作り始めた頃、岡井隆の歌がよくわからなかった。それは塚本邦雄や葛原妙子の歌の難解さともちがっていた。

　塚本や葛原の歌はいかに難解であっても、歌を支えている〈私〉の存在が、まっすぐでわかりやすいように思われたのだ。その〈私〉は、私の感覚ではひたすら現世を呪い、生きることを激しく憎んでいるようだった。憎しみの背後には強烈な生への執着があり、それがまた死への渇仰を高めているような、彼らの歌を前にすると、突きつけられている刃はおそろしくとも、不思議に心が落ち着いたのである。

　だが、岡井隆の歌にはそうした、いわばわかりやすい極限の〈私〉の逆説がない。歌の中の〈私〉は、千変万化する表情を見せ、現世のただなかに生きて立っている。時に、現実の作者と重なる魅惑的な微笑みを見せ、時に、怒りをあらわにしつつ。

　生きている〈私〉のダイナミズムに、どう向かえばいいのかわからなかった。いや、今でもわかってはいない。

　掲出歌は岡井作品の中で最も好きな一首だが、これにどう寄り添っていいのか、不安である。

「飛ぶ雪の碓氷をすぎて昏みゆく」——この上下にかかった「昏みゆく」に勝手に感情移入していいものかどうか、読みながら不安なのだ。

　生きている〈私〉の心が「昏みゆく」には、数限りない理由があり、そのひとつひとつを検証しなければならないような強迫観念に襲われるからだ。

「いま紛れなき男のこころ」と言われてしまえば、もはや手放しで陶酔することができる。「男のこころ」があたかも自分に向けられたものであるかのようにうっとりするわけだが、気持ちのどこかで、「昏みゆく」「男のこころ」を受けとめられなかった自分に対する嫌悪がひびいている。

　岡井隆の歌を読むほかの人々には、このような迷いはないのだろうか。

　ホメロスを読まばや春の潮騒のとどろく窓ゆ光あつめて

　生きがたき此の生(よ)のはてに桃植ゑて死も明(あ)かうせむそのはなざかり

　右の二首のような完璧に整った名歌の場合なら、比較的、不安を感じずに岡井作品の魅力に浸りきることができる。

　だが、やはり、「昏みゆくいま紛れなき男のこころ」を抱きとめてこそ、岡井隆の歌が読めた、と言うべきなのではないか。その危険な〈私〉に正対する器量が、自分に在るのか、はなはだ心もとないのである。

特集 岡井隆――来たるべき詩歌

修羅を生きる人

前登志夫

ホメロスを読まばや春の潮騒のとどろく窓ゆ光あつめて
『鵞卵亭』

秋の明るい日差しに輝く尾道の海を眺めている。日本のあちこちの村里や町を歩いていると、どうしてか、岡井さんの歌を思う。バスはもう因島を走っている。

掲出歌は旅の歌ではない。静かな書斎の一首であるが、圧倒的なこころのときめきがつたわってくる。おそらく未知の時空がこの三十一音のことばに充満しているからであろう。尾道の海がギリシャの海原を連想させるというのではない。

いつまでもブキッシュな若者の風貌をも保っている岡井さんにとって、古代叙事詩の源流であるホメロスはそんなに遠いものではあるまい。春の潮騒のとどろく光のコスミックな情趣はなんとも美しい。

この歌には、岡井さんの劇的な人生が鎮められているが、なんともその明るさに知識人の悲傷が滲んでいる。岡井さんは美髭をたくわえて、堂々としておられるので英雄めくが、一人の市井の生活者としては満身創痍であるのが魅力的である。

一九六〇年代にさしかかる頃、前衛短歌発足時の政治的な実験作に、わたしはその当時から批判的だった。歌壇を風靡した「ナショナリストの生誕」などの思想的な連作である。

岡井さんとは一九五五年頃に出会っている。虎の門のキムラヤでわたしの詩集『宇宙驛』の出版記念会に出席してくれた。出席者は、村野四郎氏や伊藤信吉氏、安西均氏や木原孝一氏たち詩人ばかりだった。わたしは西も東もわからぬ単なる無頼にすぎなかった。今でもそうであるが……。

これまでの同時代の一人として、岡井さんの生身の傷から噴き出してくる詩的香気を、わたしはかなり評価している。たとえばよく話題になる次の作など。

歳月はさぶしき乳(ちち)を頒(わか)てども復(ま)た春は来ぬ花をかかげて
『歳月の贈物』

こんな華やかな歌の背後には、どれほどの修羅がかくされていることかと思う。

わたしは長らく、岡井さんの代表作を、前衛的手法以前の歌集『斉唱』の一首、「灰黄(かいこう)の枝をひろぐる林みゆ亡びんとする愛恋ひとつ」に決めていたが、人生の苦悩のふかまりと共に、生の妖しさの濃くなるのを見守ってきた。

岡井さんは幻を生きるしたたかなデーモンなのであろう。

時代の転換点に立つ歌

福島泰樹

ひぐらしはいつとしもなく絶えぬれば四五日は〈躁〉やがて暗澹

『鷲卵亭』

一九七五年七月に、六法出版社から刊行された歌集『鷲卵亭』を開けると、扉に「過ぐれ諫早」の一首がしたためられている。

口中に満ちし乳房もおぼろなる記憶となりて　過ぐれ諫早

この頃、豊橋を訪ね五年ぶりに岡井さんと再会、そんなおりに書いてもらったものであろう。爾来三十年、ことあるごとにこの歌を口ずさんできた。歌集に感動した私は、六〇年代が愛（直喩）の時代であるなら、七〇年代は性（暗喩）の時代である、といった歌論を展開している。そして、『鷲卵亭』中の一首をもって標題となした（七〇年代を総括した歌論集）『やがて暗澹』（国文社）の巻末にこのようにしたためている。

「さて外は夕暮である。往くものはみないってしまったという想いはいまもつよい」。「岡井隆の失踪を以て始まる本書を、一首全体が鋭い暗喩となって時代を象徴している氏の歌を再び引用することによってここに終えたい」。

曇り日の秋田を発ちて雨迅き酒田をすぎつこころわななき

旅をして旅の歌を書かない私ではあるが、車窓からの駅名が連想を生み、一首となる場合がある。地名には古代からの歌の血脈が色濃く流れている。

「曇り日」の一首も、車中の作であろう。男鹿半島の付け根秋田での所用を終えて作者は、特急「いなほ」に飛び乗る。羽越本線は、日本海沿岸を走り新潟に至る。最上川の河口が広がる酒田（山形県）までは、駅数にして二十二。特急なら一時間半の距離。

芭蕉「奥の細道」で名高い象潟を過ぎるころから雨が降り出した。雨脚は迅く、車窓を濡らし、酒田を過ぎる頃には、情感は戦慄くほどに昂揚している。

右の一首が発表されたのは、政治的嵐が吹き荒れる一九六九年十一月。七〇年反安保闘争に結集する新左翼各党派は、総決起を呼びかけ、首都は騒乱状態にあった。岡井隆この時四十一歳。第一歌集『バリケード・一九六六年二月』を刊行したばかりの私は二十六歳だった。「曇り日の秋田」から「雨迅き酒田」へ、翳から陽へ、時代は転換したかに見えた。「私」を歌うことが、状況を歌うことに繋がる、そんな時代も終わろうとしていた。

飛ぶ雪の碓氷を過ぎて昏みゆくいま紛れなき男のこころ

岡井隆は、一九六〇年代後半という時代と激しく鬩ぎ合ってみせた「倫理的小品集」を一巻に纏めることなく一九七〇年夏、突如として羈旅の人となってしまった。七〇年代という愛しい時代を閉じるにあたり、私はこれら作品を一巻にすべく『天河庭園集』（国文社）の編纂を買ってでたりもした。

瑣事のラジカル

吉田文憲

鎮魂（たまふり）とよぶ屈従はひりひりと性を覆ひて在るといふものを
『人生の視える場所』

岡井氏の、その歌に付された「自注」にとても感心したことがあるので、そのことから書かせてもらう。「感心」などとは偉大な先達に対して失礼な言い方かもしれないが、それを〝こころが深く感じ入った〟というほどの意味に採ってもらいたい。

ともかくその歌とは『人生の視える場所』所収の、掲出の一首である。この歌に岡井氏は、次のような「自注」を施していたのである。《むつかしい歌である。鎮魂とか、「屈従」の姿勢とか、には、やはり権力の側のせせり出てくる隙があって、「性」のような野放図さは、截り捨てられる。宗教の残酷さは、そこにも在る》

なんという、鋭く、示唆に富む注釈であろうか。氏は、鎮魂に国家（権力）はせせり出てくるな、と言っているのである。これはほとんど現在の靖国批判ではないか。あるいは私たちは昭和天皇崩御のときの一億総ザンゲにも似た連日に渡る国家的無気味な喪の風景を想い出す。あれこそはまさに「鎮魂とよぶ屈従」の風景ではなかったか。翻ってこの歌の「ひりひり」の痛み、リアルな皮膚感覚、エロスの「野放図さ」にこそ、岡井短歌の深い魅力がある、と私は思っている。

もう一首、似たような想いをいだいた歌を同じ歌集から引いてみよう。

八つちがいの妹は言う「兄さん、精神性の高いところで勝負するのよ」

陰茎のあをき色素はなに故（ゆゑ）ぞ梅雨ふかきころ湯殿（ゆどの）に洗ふ

詞書にある妹のからかい気味の言葉に対して、俺の「精神性」はこの「陰茎」にあるんだ、とでも言いた気なユーモアとどこか男の悲哀のようなものをこもごも感じさせる歌である。先の短歌との比較で言えば、ここでは「権力」ならぬ「精神性の高いところ」に、衰えかけた、かつまだおそらくは性の悩ましさを抱え込んでもいる自らの「陰茎」を対置してみせたところが、なんともおかしい。おかしいけれど、哀しいのだ。

それにしても「あをき色素」は非凡である。この「青」は「梅雨ふかき」の「梅雨」にある彩りを与えている。と同時に、この色は、性の「野放図さ」、どこか不敵な生命力をも語っているだろう。

別の言い方をすれば、「精神性の高いところ」には「権力」と同じようにあるいかがわしさがつきまとう。この言葉を先の「宗教」と置き換えれば、そこには同じようにどこか偽善と残酷さがつきまとうことにもなる。そういうところでこの歌人はもっとも動物的なもの、生命的なもの、奇怪な自らの性のしるしをそこに差し出しているのである。そんな稚気にも似た構図も浮かんでくる。むろんここには老いの自覚もあるかもしれない。

ともあれ、ある時期から岡井氏の歌は、生活の瑣事と言ったらいいのか、「精神性の低いところ」と言ったらいいのか、生の「雑」の場所に、じつに繊細かつ奔放なまなざしを注ぐようになった。

この瑣事の場所は、国家よりも大きいのだ、と氏の歌は語っている。

このラジカルさ（あのような注釈は）滅多にあるものではない。

あざやかな重さ

田中庸介

いきいきと狂ふ眼もがもたましひの根幹ひえてかたはらにあり

『禁忌と好色』

「もがも」は「があればいいねえ」というような奈良時代の言い方。「いきいきと狂ふ眼もがも」でいったん切れ、それが「たましひの根幹ひえて」と対置されている。「かたはらにあり」は急速に一首の運動性が回収される結句。一般的に具象性の高い岡井作品にあって、「たましひ」なる語に切れがある思惟的な一首なので、「現代詩手帖」の誌面に映えるのではないかと思い、〈ぼくは東京の暗闇で／意味もなく頭をふっている〉という清水昶氏のデカダンな詩句をプロローグにした一九八三年の歌集『禁忌と好色』中の連作「嫌忌と好色」から採った。

　下の句は解釈がわかれるところだろうが、まずは内科医である作者の職業詠の一首と考え「たましひの根幹ひえて」をご遺体の描写ととりたい。生前は精神の惑乱をきたしてきさんざん医師を悩ませた患者さんであったが、今は治療のかいもなく亡くなってしまい、そのかたわらに医師は疎外感を覚えてただ立っている。この「根幹ひえて」のあざやかな重さが圧倒的だ。「未来短歌会」における岡井氏の後進である加藤治郎氏の作品には「洗われて手にひえている精巣をすべて無邪気な季節のために」（『昏睡のパラダイス』所収）がある。この「ひえて」は、上の句の過剰な饒舌感とあいまってむしろ「ニューウェーブ」世代の手の熱さを伝える装置となった。

　岡井氏は連作に華がある歌人であり、一首から一首へと飛び移る距離感の結構は、一首評ではなかなか紹介しがたい憾みがある。本連作には「人に知られたい。人に知られることばっかり考えてる。知られたくない汚辱のかたまりのくせに。」という詞書のあと「乳房のあひだのたにとたれかいふ奈落もはるの香にみちながら」という一首が挿入されているが、少なくとも自分の書く詩の行から行への連なりがエリオットに端を発した韻律上のレトリックだとすると、岡井氏の連作の一首一首のあいだの谷はもっと深く、ジグザグを切る連歌の中の意味の折れ曲がりを彷彿とさせる。かと思えば近年の横書き歌集『伊太利亜』では「（……）できれば　なあ／歌を忘れて生きむ」「と思ってゐるうちに／また本降りのミラノ（……）」というような反則ぎりぎりの上の句への接続もあって面白いのである。

　不倫から出奔へ、離別から再婚へと、男の欲望のおもむくままに生きてきたかのように見える根っからの色男にとって、むろん好色はそのにがい想いの側面をも含めて文学の糧となるべきものだろう。そう考えると、死者（患者）の人格と愛人の人格とを二重うつしにして見てしまうような作者の非情にひとは戦慄を覚えざるを得ず、「たましひの根幹」の冷えは、あきらかに作者自身のものでもある。その修羅を赤く照らすのが「紅梅はいやらしきまでいろ濃しとゆきずりにみてひとにいはずき」と、「イ」音の頭韻のままにまに「色恋」の語を詠み込んだ王朝風の一首である。「ひとにいはずき」の奥ゆかしさが何ともいたずらっぽくて、岡井文学は実に愉しい。

（初出「現代詩手帖」二〇〇五年十一月号）